大正幽霊アパート鳳《ほう》銘《めい》館《かん》の新米管理人6

竹村優希

角川文庫
23823

Contents

鳳《ほう》銘《めい》館《かん》

代官山の住宅街にある美しい洋館。
大正時代の華族の邸館をアパートに改装したものだが、
当時の雰囲気はそのまま。入居条件は霊感があること。

上《うえ》原《はら》礼《れ》央《お》

25歳。爽良の隣の部屋に住む、
幼馴染にして唯一の友人。
業界トップレベルのフリーエンジニア。
美形だが無愛想?

鳳《おおとり》 爽《そ》良《ら》

23歳。強い霊感があることを
隠して生きてきた。
祖父の庄之助から鳳銘館を託され、
オーナー兼管理人を務めることに。

紗《さ》枝《え》

鳳銘館に住む少女の霊。
爽良に懐いている。

大正幽霊アパート鳳《ほう》銘《めい》館《かん》の新米管理人

御《み》堂《どう》 吏《つかさ》
30歳前後。
鳳銘館の管理人代理。
軽くて適当そうな口調だが、
人懐っこい一面も。
寺の息子で霊を祓える。
ロンディ＆スワロー
鳳銘館で飼われている
ホワイトスイスシェパードの兄弟犬。
見た目はそっくりだが性格は真逆。

イラスト/カズアキ

〝秘密のレシピの在処《ありか》〟

先日、爽良《そら》が裏庭のローズマリー畑で古い鍵《かぎ》とともに見つけたメモには、そう記されていた。

筆跡は、庄之助《しょうのすけ》のもの。

つい最近〝大切なものを見つけてほしい〟という、庄之助からの手紙に記されていたお願いを解決したばかりだというのに、息つく間もなく舞い込んできた新たな謎に、爽良は正直、少し困惑していた。

そもそも、今回は明確な要望が書かれているわけではなく、爽良にどうしてほしいのかすらよくわからない。

ただ、その半面、「秘密のレシピ」という響きに妙に好奇心をくすぐられている自分もいた。

結果、見つけてしまった以上は無視するわけにもいかないという言い訳のもと、爽良は鳳銘館《ほうめいかん》の中で、鍵に合う鍵穴を探しはじめた——ものの。

玄関ホールや談話室にある古い家具から、たくさんある納戸の中に至るまで、思い当たる限りの場所を手当たり次第に探してみたけれど、結局目的のものを見つけることはできなかった。

そして、そんな爽良をさらにがっかりさせたのは、捜索中に庭で鉢合わせた御堂《みどう》の反応。

「――いや、俺にはその鍵にまったく見覚えがないし、鳳銘館とは関係ないんじゃないかな」

御堂は庭木を剪定《せんてい》する手を止め、爽良が掲げた古い鍵を見るやいなや、迷いもせずそう言い放った。

長年鳳銘館の管理を任され、もはやすべてを把握していると言っても過言ではない御堂のその言葉は、結論も同然と言える。

とはいえ、鳳銘館以外の場所となると尚更《なおさら》見当が付かず、爽良はすっかり途方に暮れた。

「そう、ですか……。ちなみに、庄之助さんが鳳銘館以外に頻繁に立ち寄っていたような場所とか、ご存知ないですか？」

「俺には思い当たらないな……。さすがに、庄之助さんの全部の交友関係を把握していたわけじゃないしね」

「ですよね……。ただ、もし鍵穴の場所が鳳銘館じゃないとするなら、これはそもそも私宛に残したものじゃなかったのかも……」

爽良はポケットから庄之助のメモを取り出し、御堂に見せる。

すると、御堂はそれを手に取り、眉間《みけん》に皺《しわ》を寄せた。

「レシピの在処、ねえ」

「はい。しかも〝秘密の〟なんて言われると、つい気になってしまって」

「確かに」

「だけど、御堂さんにわからないなら、お手上げです」

「…………」

「御堂さん？」

「キッチンかも」

「え？」

すっかり諦《あきら》めかけていた爽良は、御堂の反応に思わず目を見開いた。

すると、御堂はふたたび鍵を見つめ、ゆっくりと頷《うなず》く。

「レシピを置いておくとするなら、普通はキッチンでしょ？　だから、キッチンなんじゃないかなって」

「談話室のカウンターについてる、簡易キッチンのことですか？」

「そう。考えてみたら俺、キッチン周りだけはずっとノータッチだったなって。っていうのは、あそこには長らく主がいて」

「主……？」

「うん。そういえば、話してなかったね。あそこは、美代子《みよこ》さんって人が長らく管理していたんだ」

「美代子さん、ですか」

「そう。吉岡《よしおか》美代子さん」

それは、初めて耳にする名前だった。

御堂の過去形の語り口から現在の住人でないことは確かだが、それよりも爽良が気になったのは、女性の名前だったこと。

鳳銘館では女性の住人自体がそもそも珍しいというのに、その名は、過去数年分の入居者名簿に目を通している爽良の記憶にまったく掠《かす》らなかった。

「あの……、美代子さんという女性は、いつ頃まで鳳銘館に住んでらっしゃったんですか？」

気になって尋ねると、御堂は首を横に振る。

「ううん、住んでない」

「え？　でも……」

「……ああ、混乱させちゃってごめん、ちゃんと話すよ。美代子さんは当時六十代くらいの女性で、元々は鳳銘館への入居を希望していたんだけど、霊感がまったくなくてね。……でも、亡くした娘さんの魂を感じたいっていう切実な思いを抱えていたらしくて、断っても何度もお願いしに来たんだって。その様子があまりにも辛《つら》そうで、庄之助さんも見てられなくなったのか、結局、出入りを許可したの。まあ、結果的に、庄之助さんとすっかり親密になってたけど」

「そんなことが……」

「ちなみに、その一連のくだりは俺がここに住むずっと前の話。……で、彼女は元々料理人で、しかもイタリアやフランスをはじめ、世界各国で修業していたような本格派でね。簡単なもので食事を済ませがちな庄之助さんを見兼ねてか、よく料理を作ってくれてたんだよ。当時子供だった俺も、しょっちゅう鳳銘館に出入りしてたから、よくご馳《ち》走《そう》になってた。ここに住むようになってからも、しばらく食事には困らなかったな。……ただ、持病が悪化して亡くなっちゃったんだけどね。庄之助さんが亡くなる、ちょうど一年前くらいだったかな」

「そう、でしたか」

「うん。ともかく、キッチンは完全に彼女のテリトリーだったから、俺は最初から必要最低限しか触れてないんだ。美代子さんが亡くなってからも、全部当時のまんま。……だから、考えてみれば、キッチン周りのことだけは全然知らないんだよね。鍵付きの収納があったかどうかすら、ピンとこないくらいに」

「ってことは、もしかして……」

「その鍵が合う収納があるかも。秘密のレシピって響きも、料理好きな美代子さんといかにも関係してそうだし」

その言葉を聞いた瞬間、爽良の心の中に、消えかけていた希望が復活する。

談話室のキッチンはよく使う場所だけに盲点だったけれど、御堂の話を聞く限り、十分可能性があるように思えた。

「じゃあ私、早速確認してきます……！」

爽良ははやる気持ちを抑えられず、御堂にぺこりと頭を下げる。

しかし、御堂は剪定鋏《せんていばさみ》を用具入れに仕舞うと、爽良よりも先にキッチンへ続くガラス戸へ向かって歩きはじめた。

どうやら、鍵穴探しに付き合ってくれるらしい。

爽良は慌てて御堂の後に続きながら、正直、少し戸惑っていた。

というのは、ここ最近というもの、御堂の態度や口調や雰囲気にいたるまで、なにもかもに顕著な変化があったからだ。

以前は、普通に会話をしていてもなんとなく壁を感じることがあったけれど、今や、それがまったくない。

キッカケは言うまでもなく、爽良が御堂の母親・杏子《きょうこ》の魂を見つけたこと。

あの後、御堂は「俺は君に救われたことで人生最大の後悔を払拭《ふっしょく》できた。だから、これからは全力で君の力になろうと思う」と、さらに「お陰で俺の残りの人生が余っちゃったから、それは君のために使う」という衝撃の発言をし、爽良を驚かせた。

そして、そんなプロポーズさながらのセリフを口にして以降の御堂は、爽良との距離感がやけに近く、ついでに言えば、ずいぶん甘い。

ただし、それはたとえば恋人に向けるようなものとは違い、あえて言葉にするならば、いかにも心を許しているといった、気安さに近い雰囲気があった。

もちろん、すべては爽良の勝手な感覚でしかなく、御堂の本心はわからない。

ただ、そんな極端な変化に戸惑う一方で、ようやく、本当の意味で鳳銘館に住む仲間として受け入れてもらえたような実感があり、それを素直に嬉《うれ》しいと感じている自分がいた。


「――本当にありましたね……、鍵付《かぎつ》きの引き出し」

その後、爽良たちが改めてキッチンを確認してみたところ、カウンターの一番端に、鍵穴のある四段の引き出しを見つけた。

「だね。ってか、キッチンに鍵付きってちょっと珍しいよね」

御堂はそう言いながら、早速一番上の取手に手をかける。

すると、そこは施錠されておらずスッと開き、中には繊細な彫刻が施されたカトラリーが整然と並んでいた。

同じものが三本ずつ揃ったそれらは、互いに接触しないよう、シルク張りの窪《くぼ》みのある共箱に間隔を空けて丁寧に収められている。

その、まるで美術品のような扱いからして、かなり高価なものなのだろう。

爽良は中からフォークを一本手に取ると、表面の彫刻を指先でそっと撫《な》でた。

「ずいぶん大切にされてたみたいですね……」

「黒ずんではいるけど、銀製品だね」

「美代子さんの私物ですか？」

「美代子さんは食器が好きだったし、あまり庄之助さんが買いそうにないデザインだから、多分そうだと思う。後ろの棚にも共用のカトラリーがたくさんあるんだけど、……そういえば、美代子さんが食事を作ってくれたときは、これを出してくれてたような気もする。こんなところに特別に仕舞われてたなんて、全然知らなかったけど」

「御堂さんもご存知なかったんですね」

「うん。さっきも言った通り、ここは彼女のテリトリーだったからね。高そうなものが多くて、安易に触れられなかったってのもあるけど」

「ですけど、このキッチンは一応共用の設備ですし、他の住人の方々も使われてたんでしょう？」

「まぁそうなんだけど、ここでまともに料理する人なんて他にいないから。それぞれの部屋にもっと使いやすいキッチンがあるわけだし、使うにしても、せいぜいお湯を沸かすくらいのもので」

「なるほど。……確かに、そうですよね」

「じゃ、次の引き出しを開けてみるね」

御堂はそう言うと、二段目の引き出しの取手を引く。

するると、そこもあっさりと開き、中にはカトラリーと同じ彫刻が施されたトングやサーバーをはじめ、クロスやコースターなどのテーブル用品が綺麗《きれい》に収納されていた。

「わあ、素敵……。なんだか、別世界ですね……」

一般的なキッチンでは見かけないような数々の美しい小物に、爽良は思わず感嘆の声をあげる。

かたや、御堂はとくに興味がないのか、あっさりと二段目の引き出しを閉じると、早くも三段目の取手に手をかけた。

「ってか、無いね。レシピっぽいもの」

「え？」

「いや、本来の目的忘れてない？」

「あ、……す、すみません」

慌てて謝ると、御堂は可笑《おか》しそうに笑う。

そして、どこか懐かしそうに目を細めた。

「爽良ちゃんくらい感動してくれたら、美代子さんも喜んだだろうね。なにせ、俺や庄之助さんはこういうものにあまり反応しなかったから」

「そうなんですか？　庄之助さんも？」

「うん、まったく。そもそも庄之助さんはほとんど料理をしないし、食器はあの人の興味の対象から少しはずれてるから。美代子さんがときどき、〝下ろしたばかりの食器なのに、なんの感想もないのね〃って、ブツブツ零してたよ」

「なんだか、仲のいい夫婦の会話みたいですね」

「まぁ付き合いが長いし、今思えば、それに近いくらいの絆《きずな》はあったのかも。互いに相手を亡くしてずいぶん経ってたし」

「そうなんですね……。私も美代子さんに会ってみたかったな」

「きっと仲良くなれたと思うよ」

御堂がなにげなく語る話は、どれも、普段の庄之助の生活の様子をリアルに想像できるようなものばかりで、なんだか胸に込み上げるものがあった。

庄之助に導かれてここへ来たものの、当の庄之助のことをほとんど覚えていない爽良にとっては、そんな瞬間がとても心地よく、嬉しい。

一方、御堂はいちいち感慨に浸る爽良を他所《よそ》に、あっさりと三段目の引き出しを開け、中に入っていた調理道具をざっと確認して肩をすくめた。

「三段目にも、それっぽいものはないね。……もう次で最後だけど、この調子だと期待は薄そうだなぁ。どうせまた、なんに使うかわかんない調理道具がいっぱい入って――」

ふいに御堂が言葉を止めたのは、四段目の引き出しの取手を引いた瞬間のこと。

これまではすんなりと開いていたのに、そこだけは、ガチ、と固い音を立てて抵抗し、ビクともしなかった。

「……鍵、かかってる」

「四段目だけに……？」

「なんか意味深だよね。……爽良ちゃん、鍵貸してくれる？　試してみるから」

「は、はい……！」

爽良は込み上げる緊張を抑えながら、御堂に鍵を託した。

すると、御堂はそれを鍵穴に差し込み、ゆっくりと回す。――瞬間、ガチャ、と小気味よい音が鳴り響いた。

「開いた……」

「本当にここの鍵だったんですね……」

もともと期待していなかっただけに驚きが大きく、二人は一度顔を見合わせる。

さすがの御堂も少し緊張しているのだろう、改めて取手を摑《つか》んだ手は、少し強張《こわば》っているように見えた。

爽良もドキドキしながら、秘密のレシピは見つかるだろうかと期待を膨らませる。

――しかし。

御堂が勢いよく開け放った引き出しの中を見て、爽良は思わず息を呑《の》んだ。

なぜなら、中は大量の煤《すす》にまみれ、すべてが原形を止《とど》めない程に真っ黒に焼け焦げていたからだ。

予想だにしなかった展開に、頭の中は真っ白になった。

「なんですか、これ……。どういう……」

「衝撃的だね……。しかも、これってさ……、この引き出しの中で燃やされたって感じだよね。びっしり煤がこびりついてるし」

「え、この中でって、そんなの無理ですよ……。そもそも、かなりの火力じゃないとこんな燃え方はしないと思いますし、でも引き出しは木製ですから……。中だけが燃えるなんて、どう考えても不自然です……」

「まぁまず無理だよね。……普通の人には」

「………」

御堂の言葉がなにを意味しているかは、聞くまでもなかった。

つまり、この引き出しの中の惨状には、普通ではない何者かが関わっているということになる。

「なんだか、急に不穏な感じが……」

途端に恐怖が込み上げ、語尾が小さく震えた。

すると、御堂はひとまず引き出しを閉め、爽良の肩をぽんと叩《たた》く。

「ともかく、レシピ探しは断念するしかないね。もしここに隠されていたとしても、この有様じゃまず残ってないし」

「……そう、ですけど」

「じゃあ、この件は終わりってことで。鳳銘館はそもそも変なことばかり起こる場所だし、いちいち怖がってたらキリがないから、一旦《いったん》忘れよう」

「…………」

忘れるなんてさすがに無理があると思いながらも、御堂の軽い態度は、怖がる爽良を気遣ってのことだとわかっているだけに、頷《うなず》く以外の選択肢がなかった。

ただ、これがいったい誰の仕業なのか、どんな理由でこんなことをしたのか、謎は次々と浮かぶばかりで、爽良には頭を切り替えることなどできなかった。

御堂はそんな戸惑いすらも察しているのだろう、突如キッチンから出てウッドデッキに続く戸を開けたかと思うと、爽良を手招きする。

「ってかさ、ロンディの小屋の掃除したいから、少しの間、散歩に連れ出してやってくれない？」

「あ……、はい……」

「ほら、早く」

「わかりました……。で、でも、散歩用の靴に履き替えたいので、少し待っててもらえますか？」

「了解。先に外に行ってるね」

御堂が立ち去った後、爽良はこっそりと溜《た》め息をついた。

咄嗟《とっさ》に時間を稼いだのは、ほんの少しでも、心を落ち着かせるための時間が欲しかったからだ。

爽良はひとまず引き出しに挿したままの鍵《かぎ》を回してふたたび施錠し、それを抜き取ってぎゅっと握りしめる。

この鍵のお陰で美代子という存在を知り、庄之助たちがここで繰り広げていた過去の様子を想像し、温かい気持ちに浸れたというのに、――そんなタイミングで目の当たりにした引き出しの中の惨状はあまりにも衝撃的で、とても気持ちの整理ができなかった。

爽良は混沌《こんとん》としたままの心を持て余しながら、ふと思い立ってもう一度一番上の引き出しを開ける。

庄之助たちが食卓を囲む風景をもう一度想像すれば、少しは気分が静まるかもしれないと思ったからだ。

しかし、そのとき。――爽良はふと、整然と並べられたカトラリーの種類ごとの間にある、不自然な隙間に気付いた。

さっき見たときは、そういう仕様なのだろうと思って気付きもしなかったけれど、隙間をよく見れば、カトラリーを象《かたど》るかのように窪《くぼ》んでいる。

触れてみると、他の隙間にも隣のカトラリーと同じサイズの窪みがあった。

「もう一本ずつ入りそう……」

たいして不自然なことではないと思いつつも、なんだか無性に引っかかってしまって、爽良は窪みをしばらく見つめる。

すると、そのとき。

ふと、背後にごく小さな気配を覚えた。

慌てて振り返ったものの姿はなく、ただ、周囲に残るわずかな余韻が、気のせいではないと物語っている。

「誰……？」

当然ながら、返事はない。

奇妙だが、とはいえ鳳銘館で気配に遭遇するのは決して珍しいことではなく、爽良はしばらく辺りの様子を窺《うかが》った後、ゆっくりと緊張を解いた。

スワローが姿を現さないところを見ると、さほど危険な存在ではないのだろうと。

この気配だらけの鳳銘館において、スワローの反応は、信頼に足る明確な基準と言える。

しかし、それでもなお、爽良の胸騒ぎは収まらなかった。

ほんの一瞬の、取るに足らない気配の中に、――心がざわめく程の深い感情が詰まっていたような気がして。

第一章

「料理が得意だったってことは、裏庭にローズマリーを植えたのも美代子さんなのかな……」

あれから数日。

爽良は、一人になるとつい、美代子のことばかり考えてしまっていた。

本当は、何者かによって燃やされた引き出しの中身のことや、頓挫《とんざ》したレシピ探しなど、他に悩むべきことがいくらでもあるのに、それらを考えはじめても、すぐに意識が逸《そ》れてしまう。

これはある意味現実逃避なのかもしれないと思いつつも、美代子のことを想像する時間は不思議と心が穏やかになり、抗《あらが》おうとは思わなかった。

その日も、ベッドに入って眠気がくるのを待つ間、美代子は料理が得意だったという、御堂から聞いた話を思い返していた。

そんな中で思い浮かんだのが、先のひとり言の通り、裏庭に大量に生えていたローズマリーは、美代子が料理に使うために植えたのではないだろうかという推測。

あまり料理をしない爽良にとって、ハーブは少々ハードルの高い食材だが、海外で修業をするくらいの腕前ならば、造作もなく使いこなすのだろうと。

そんな料理上手な人が残したレシピなら是非見てみたかったものだと、爽良はぼんやりと、美しいカトラリーに似合う料理を想像した。

そうこうしているうちに心地よい眠気が訪れ、爽良は目を閉じ、ゆっくりと意識を解放する。

しかし、完全に眠りに落ちる寸前、すぐ側から小さな息遣いが聞こえた。

驚いてガバッと体を起こした瞬間、目の前にいたのは、爽良をじっと見つめるスワローの姿。

「びっ……くりした……」

一度は脱力したものの、ただ、スワローがなんの意味もなく姿を現すことなどまずなく、爽良はなんだか不安になってその顔を覗《のぞ》き込んだ。

「なにかあった……？」

尋ねると、スワローは小さく瞳《ひとみ》を揺らし、玄関ホールの方にチラリと視線を向ける。

「部屋の外に、なにかいるの……？」

真っ先に爽良の頭を過《よぎ》ったのは、また良からぬ霊が現れたのではないかという、最悪な想像。

ただ、それにしてはスワローから緊迫感がほとんど伝わってこず、爽良は違和感を抱きながらも、ひとまず部屋の戸をわずかに開いて玄関ホールを覗いた。

けれど、玄関ホールの様子はいたっていつも通りで、とくに気になるようなものはない。

一方、スワローは首をかしげる爽良を横目にするりと部屋を抜け出し、そのまま西側の廊下の方へと消えて行った。

「スワロー？」

その行動はさも意味ありげで、爽良もスワローを追って部屋を出ると、西側の廊下へ向かう。

やがて談話室の前に差し掛かり、入口を通過しようとした、そのとき。――ふと、ほんのかすかな気配の存在に気付いた。

それはごく小さなもので、一瞬で消えてしまったけれど、少し先で不自然に動きを止めたスワローの様子から、気のせいでないことは明らかだった。

「今、気配があったよね……？」

爽良の問いかけに、スワローはふわりと尻尾《しっぽ》を揺らす。

ただ、依然として、警戒しているような様子はなかった。

爽良は不思議に思い、引き続き廊下を奥へと進みながら、意識を集中してさっき覚えた気配を捜す。

しかし、すでに気配は跡形もなく、やがて玄関ホールまで折り返してきた頃には、スワローすらも姿を消してしまっていた。

「……なんだったんだろう」

爽良はひとり言を呟《つぶや》き、仕方なく部屋へ戻る。

スワローがなにかを知らせようとしていたのは確かだが、ほんの一瞬だけ現れた小さな気配からわかることなどなく、爽良はどこか煮え切らない気持ちのまま、ベッドに横たわった。

すると、緊張から解放されたせいか強い眠気に襲われ、あっという間に思考が曖昧《あいまい》になる。

「いいや……、明日、礼央《れお》に相談してみよう……」

ギリギリ残った意識の中にふと浮かんできたのは、気配に敏感な礼央ならば、なにか知っているかもしれないという期待。

礼央のことを考えた途端に不思議と安心感が込み上げ、爽良はそのままゆっくりと意識を手放した。


翌朝。

庭の掃除を終えた後、ウッドデッキに礼央の姿を見つけた爽良は、駆け寄ろうとして思わず硬直した。

なぜなら、いつも通りパソコンを開く礼央の背後に、異様な気配がべったりと張り付いていたからだ。

それは、スカートにブラウスと上品な洋服を身につけた女性の霊で、礼央の肩に後ろから華奢《きゃしゃ》な両腕をそっと回していた。

その信じ難い光景に、爽良の思考は完全に停止する。

かたや、爽良に気付いた礼央は、いつもと変わらない仕草で隣の席を指差した。

「大丈夫だよ。べつに害ないから」

その発言から察するに、背後の気配のことは認識しているらしい。

霊との距離の近さから当然と言えば当然だが、それでもなお普段通りの礼央の様子に、爽良の方が戸惑わずにいられなかった。

「そ、その人は……、どういう……」

爽良はおそるおそる近寄り、隣の椅子に腰を下ろす。

すると、女性の霊が突如ぐるんと首を動かし、爽良をまっすぐに捉《とら》えた。

その目はあまりに空虚で、気を抜けば飲み込まれてしまいそうな程に哀しく、爽良の心臓がたちまち不安な鼓動を鳴らしはじめる。

恐怖に堪え兼ねて反射的に席を立とうとしたけれど、その途端に礼央に手首を摑《つか》まれた。

「……………」

「なにもしないってば」

確かに、禍々《まがまが》しい気配は感じ取れなかった。

ただ、だからといって、はいそうですかと簡単に落ち着ける程、のん気にもなれなかった。

爽良は逃げることもその場に落ち着くこともできないまま、礼央と霊を交互に見つめる。

すると、礼央はパソコンを閉じ、小さく肩をすくめた。

「この人、気付いたら付いて来てたんだ。ただ、さっきも言ったけど害はないし、そのうちいなくなるから平気だよ」

「平気、って言われても」

「前にも何度か経験あるから」

「え、初めてじゃないの……？　というか、……要するにそれは、憑《つ》かれてるん、だよね？」

「そうじゃなくて、付き纏《まと》われてる」

「……どう違うの？」

「俺の体や精神に、なんの支障もきたしてないってこと」

「…………」

「つまり、害がない」

語られる内容は明らかに普通じゃないが、それが他でもない礼央の発言となると、不思議と納得してしまいそうな自分がいた。

正直、憑くと付き纏われるの違いはいまだピンとこないが、現に、礼央に調子が悪そうな様子はなく、顔色も悪くはない。

「平気なら、いいんだけど……。いや、いいってことも、ないんだけど……」

「まあ、周りからすればそりゃ気になるよね。でも、経験上、長くても一ヶ月くらいでいなくなるから」

「一ヶ月も……？　なんとかしようとかは、考えないんだ……？」

「刺激しない方がいいんだよ、こういうタイプは」

「そう、……なの？」

そのすっかり慣れきっている様子に、爽良はただただ面食らった。

本音を言えば、いくら礼央が大丈夫だと言っても不安は拭《ぬぐ》えず、できれば引き離す方法を考えたいところだが、当の本人がこの調子ではどうにもならない。

「ちなみに……、その人は、どうして礼央に……？」

せめて原因を知れればと思い尋ねると、礼央はとくに考える様子もなく、首をかしげた。

「さあ。気まぐれでしょ」

「気まぐれ……？」

「知り合いに似てるとか、その程度だと思うよ」

「……そう、なんだ」

爽良はひとまず頷《うなず》いたものの、なにかを誤魔化されたような気がしてならなかった。

とはいえ、礼央が本気で隠す気ならば、爽良にはそれを暴けるような会話スキルはない。

ともかく、今はどうすることもできないと察した爽良は、仕方なく席を立った。

「じゃ、じゃあ……、私は掃除に戻るね……」

「うん。まあ、一緒にいても落ち着かないだろうから、このヒトが消えるまで俺も仕事に集中するよ」

「…………」

「爽良？」

「……わかった」

おかしな沈黙を挟んでしまった理由は、なんだか霊に礼央を取られたような、わずかな寂しさを覚えたからだ。

とはいえ、そんなおかしな心情を告白できるはずなどなく、爽良は曖昧に笑って誤魔化し、その場を後にする。

しかし、心の奥の方では、過去に経験したことのない混沌《こんとん》とした気持ちが、いつまでもじりじりと疼《うず》いていた。

そして、その日の午後。

爽良は庭のベンチで、昼過ぎからひたすらぼんやりと過ごしていた。

ある意味予想通りというべきか、礼央のことが気がかりで、なにをしても身が入らなかったからだ。

こんなときに限ってロンディは気持ちよさそうに眠っていて、紗枝《さえ》も出てこず、手持ち無沙汰《ぶさた》になるとついつい頭に浮かぶのは、やはり、礼央に付き纏《まと》っている女性の霊のこと。

もはや何度目かわからない溜《た》め息をつくと、ふと、よく知る気配を覚えた。

「爽良ちゃん」

顔を上げると、ちょうど帰宅したばかりといった様子の碧《あおい》と目が合う。

碧は爽良の表情から悩みがあることを察したのだろう、なにも言わずに横に座ると、取引先から貰《もら》ったというお菓子を強引に爽良の手に持たせた。

「甘いものを補給すると元気になるって噂、聞いてるよ」

「それは、礼央が思ってるだけで……、でも、ありがとうございます」

「にしても、元気なさすぎじゃない？　なにかあった？」

「少し、心配事がありまして」

「心配事ねぇ。……で、また悶々《もんもん》と考えてたの？　いいから話してみなよ、そもそも爽良ちゃんは、長く考えさえすれば結論が出るってタイプじゃないんだから」

いきなり痛いところを突かれ、爽良はがっくりと項垂《うなだ》れる。

ただ、今朝礼央のことで生じた不安は、すでに自分の心の中だけに留《とど》めておけないくらいに膨らんでいて、爽良は縋《すが》るような気持ちで碧を見つめた。

「……聞いて、いただけますか」

そう言うと、碧は大きく首を縦に振る。

「もちろん。なんでも言って！」

「じ、実は、礼央に霊が憑い……いえ、付き纏っているようで……」

「わざわざ言い換えなくても一緒じゃないの？」

「本人いわく、違うと」

「なにそれ、めんど」

碧は爽良が困惑していた内容を、早速楽しげに笑い飛ばした。

その、いかにも軽々しい態度には少し躊躇《ためら》ったものの、ひとたび不安を口にしたが最後止まらなくなり、気付けば爽良は、延々と愚痴を零《こぼ》していた。

「――と、いうわけで……、礼央は平気だって言うんですけど、どうも納得がいかないというか……」

「なるほどね。ってか、十分わかってたつもりだったけど、あの人もなかなかの変人だよね」

「本人は、平然としているんです。しかも、付き纏われている間は仕事に集中すると話していて、……それって、放っておいてほしいってことだと思うんですけど、……どうしても気になって」

「いやいや、そんなの無理だよね」

「……でしょう？」

「他の女とベッタリだなんて、爽良ちゃんじゃなくても嫉妬《しっと》するよ」

「……は？」

思いもしなかった言葉が返ってきて、爽良はポカンと碧を見つめる。

おそらく期待通りの反応だったのだろう、碧は堪《こら》えられないとばかりに笑い声を上げた。

「え？　今の、恋愛相談でしょ？」

「なに言ってるんですか……？　そんな話じゃないです……！」

「だって、そう聞こえたんだもの」

「……もう、いいです」

薄々感じてはいたが、どうやら面白がられているらしいと、爽良は不満を露《あら》わにベンチから立ち上がる。

しかし、碧は慌てて爽良の手を引き、もう一度座らせた。

「ごめんって！　ちょっとからかいたくなっただけだから！」

「……私は真面目に悩んでるんですけど」

「わかってるよ。ただ、久々に微笑ましい悩みだったから……いや、変な意味じゃなくて」

「今の話のどこが微笑ましいんですか」

「ほら、ここ最近は不穏な事件ばっかり続いてたでしょ？　スワローやら吏《つかさ》やら、どいつもこいつも闇堕《お》ちしてさぁ。それに比べれば、今回はほら、あまり危険がなさそうっていうか」

「危険がないなんて、どうしてわかるんですか？」

「わかるよ、なにせ、あれだけ達観してる礼央くん自身がそう言ってるわけだし」

説明になっていないと思う半面、正直、少し共感してしまっている自分もいた。

直接礼央から聞いたときにも思ったけれど、礼央がやることにはすべて、不思議なくらいに信頼感がある。

「そうは言っても、礼央だって判断を誤ることくらいあるかもしれませんし」

「でも、過去に何度か同じようなことがあったって言ってたんでしょ？　彼はそもそも霊に慣れきってるから、危険かどうかは感覚でわかるんじゃないかな。事実、そこらの霊能力者より気配に鋭いわけだし」

「それは、……そうですが」

「真面目な話、彼のように過剰に怖がらず、かといって干渉せず……、みたいな対応が、図らずも霊を落ち着かせるための丁度いい塩梅《あんばい》なんだと思うよ。『そのうちいなくなる』

っていうのは、つまりそういう意味なんだろうし。……もちろん、そんなことができる一般人を、私は他に知らないけど」

「じゃあ、碧さんも、放っておいて大丈夫だって思ってるんですね」

「うん。むしろ、嫉妬する爽良ちゃんの方がずっと不憫《ふびん》」

「だから……！」

ふたたび怒りだした爽良を、碧は笑い飛ばす。

碧の曲解については正直不本意だが、ただ、そうやって茶化してくれたお陰で心がずいぶん軽くなったことも、否めない事実だった。

しかし。

「――大丈夫な霊なんて、いないよ」

突如、よく知る声が響いて視線を向けると、そこにいたのは、さも複雑そうな表情を浮かべる御堂。

「御堂さん！」

「吏、いたんだ」

二人同時に名を呼ぶと、御堂は碧に鋭い視線を向けた。

「碧がずいぶんのん気なこと言ってるみたいだけど、あまり真に受けない方がいいよ。俺もついさっき上原《うえはら》くんの異常に気付いて、爽良ちゃんを捜してたんだ」

「えっと、あの……」

強い語調に爽良は困惑するが、碧は逆にいたずらっぽい笑みを浮かべる。

「相変わらず心配性だこと。でも、本人が落ち着き払ってるんだから、別にいいじゃない」

「急に豹変《ひょうへん》したら？」

「またそれ？　そんなの、本人が真っ先に気付くってば。それに、困ったときは相談してくるでしょ」

「お前はいつも適当すぎるんだよ。本人だけじゃなく、周囲に影響が及ぶ可能性だってあるだろ」

「それは吏に言われたくないわ。ついこの間、散々皆に迷惑かけたくせに」

「…………」

御堂が黙り、碧は満足そうに口角を上げた。

空気がみるみる不穏になり、爽良は慌てて二人の間に割って入る。

「や、やめましょう……。礼央のことは私も注意して見てますし、なにかあったときは、すぐにお二人に相談しますから……！」

オロオロしながらそう言うと、御堂は我に返ったように瞳《ひとみ》を揺らした。

そして、一度ゆっくりと息を吐き、やや落ち着いた口調でふたたび口を開く。

「ごめん、怖がらせたいわけじゃないんだけど、気になって」

「いえ、ありがたいです……。私としても、放っておいていいのかなって、正直悩みどころで……」

「俺はもちろん、さっさと追い払いたいんだけどね。……ただ、上原くんは俺がなに言っても聞かないだろうから」

「それは……」

お世辞にも良好とは言えない二人の関係性を思えば、否定できなかった。

どうやら今は静観する他ないらしいと、爽良は密《ひそ》かに覚悟を決める。

「……とりあえず、礼央を信用してみます」

そう言うと、御堂はやれやれといった様子で、爽良の頭をそっと撫《な》でた。

「ま、なにかあったとしても、爽良ちゃんのことは俺が絶対に守るから、安心して」

「えっと……、ありがとう、ございます」

感謝の言葉がぎこちなくなってしまう理由は他でもない、御堂が不意打ちで口にする、爽良をやたらと甘やかすようなこの手の発言にある。

硬直する爽良を見かねてか、碧が御堂の手を振り払った。

「ちょっと吏、ひとつ屋根の下でややこしい恋愛を繰り広げるのやめて」

「ちょっ……、碧さん、恋愛では……！」

「そうだよ。俺の気持ちはそんな安っぽいものじゃない」

「御堂さん……！」

御堂のせいで話がさらにややこしくなり、爽良はついに眩暈《めまい》を覚える。

かたや、御堂はなにごともなかったかのように爽良に手を振った。

「じゃ、そろそろ戻るよ。修繕作業を放ったらかしにして来ちゃったから」

「すみません、心配をおかけして……」

「いや、……ってか、散々言っておいてなんだけど、正直俺も、上原くんだから大丈夫だって気持ちがないこともなくて。達観は言い過ぎだけど、彼は感情で動くタイプじゃないし、案外大丈夫そうだなって」

「そう、……でしょうか」

「ただ、もし異変に気付いたときは、すぐ報告して」

「はい。ありがとうございます」

立ち去っていく御堂の後ろ姿を目で追いながら、爽良は溜《た》め息をつく。

かたや、碧は人の悪い笑みを浮かべた。

「にしても、いろいろと面白いことになってきたね。ここにいると毎日ネタに困らないわ」

「やめてください、ネタだなんて……」

「心配しなくても、礼央くんならすぐに爽良ちゃんのもとに帰ってくるから」

「…………」

この期に及んで的外れなフォローに、爽良は天を仰ぐ。

ただ、ついつい重く考え込んでしまいそうなこの状況の中、面白がってくれる碧の存在は、少しだけありがたくもあった。

それから、数日。

爽良は心に燻《くすぶ》り続ける不安を無理やり抑え込みながら、日々を過ごしていた。——ものの。

当の礼央は、まさに自分で言っていた通り、ごく普段通りの生活を送っているように見えた。

霊のことで周囲を騒がせないようにという配慮か、仕事をするときは部屋に籠《こも》ることが増えたけれど、傍《はた》から見る限りは、顔色にも様子にもこれといった変化はなく、女性の霊の方にも、御堂が懸念していた豹変の気配はない。

むしろ、ただ礼央の側にいるだけで満足しているように感じられた。

そんな様子を見ながら爽良がふと思ったのは、少し前に、御堂と鍵付《かぎつ》きの引き出しを調べた後や、スワローに連れられて廊下を確認したときに感じた気配の正体は、あの女性の霊だったのではないかという推測。

改めて思い返せば、いずれの気配もごく小さく、いかにも無害だったと。

それに、元々鳳銘館を彷徨《さまよ》っていた霊だとするなら、「気付いたら付いて来てた」という礼央の言葉にも納得がいく。

ただし、だからといってそれらが安心材料になるわけではなく、爽良は一刻もはやくこの件が解決するようにと、ひたすら願うばかりだった。

なにより、礼央とほとんど会話をしない日々は退屈で味気がなく、一日がいつもの何倍にも長く感じられる。

しかし。

そんな混沌《こんとん》とした日常に大きな変化が訪れたのは、礼央に女性の霊が付き纏《まと》いはじめてから、十日程が経ったある朝のことだった。

突如、二十歳そこそこの若い青年が鳳銘館を訪ねてきたかと思うと、庭の掃除をしていた爽良に駆け寄ってきて、切羽詰まった様子で「ここに住まわせてください」と懇願した。

ただ事ではない勢いに困惑した爽良は、ひとまず話だけは聞こうと談話室に通し、即座に御堂に助けを求め、――現在に至る。

「入居を希望してる……、と」

大学生だという青年は、出された紅茶を飲んで少し落ち着いたのか、正面に座る御堂からの問いに小さく頷《うなず》いた。

「はい。どうしても、ここじゃないと駄目で」

「あのさ、……住む住まないはともかく、先に事情を聴いても？」

「もちろんです。実は、半年前に亡くなった恋人が、どうやら今も僕の傍にいるみたいで」

「みたい？……曖昧《あいまい》な言い方だね」

「はい。なにせ、僕には彼女の姿が視えないので。でも、それでも、気が済むまで傍にいてあげたいって思ってるんです。……ただ、家ではそういうわけにいかなくて」

「そういうわけにいかない、ねえ」

〝そういうわけにいかない〟理由は、わざわざ聞くまでもなかった。

なぜなら、青年が御堂と向かい合った瞬間から、禍々《まがまが》しい気配を纏う女の霊が、その背中にはっきりと浮かび上がったからだ。

そのあまりの不気味な姿に、爽良は悲鳴を上げる余裕すらなかった。

さぞかし悲惨な最期だったのだろう、女は全身血だらけで、青年から絶対に離れないとばかりに必死な形相でしがみついている。

これ程までに強く禍々しい気配を持つ霊は、過去に数々の霊と遭遇してきた爽良からしても、かなり珍しかった。

となると、その影響は計り知れず、おそらく、本人だけでなく周囲の人間たちも、数々の不可解な現象に見舞われているはずだと爽良は推測する。

実際、青年が説明をはじめて数分も経たないうちに、爽良はその推測が正解であることを知った。

「彼女が亡くなってから、周囲でおかしなことばかりが起こるようになって、……家族が立て続けに事故に遭ったり、大学の友人たちが原因不明の病気になったり。そんなときに、霊感があるっていう知人に言われたんです。やばい霊に憑《つ》かれてるから、すぐにお祓《はら》いしろって」

「なるほど、……確かに、見るからに相当やばい霊が憑いてるけど」

「あなたにも視えるんですか……？」

「そりゃあもう。できれば関わりたくないレベルの危険な霊だよ。見た目から判断するに、……転落死ってところか。なにせ、君にしがみついてないとどこにも行けないくらい、全身ボロボロだし。この世に相当な未練を抱えているようだから、自殺ではなさそうだけど」

「そんなことまで……。確かに、彼女は自宅マンションのバルコニーから転落して亡くなったんです。大学内では、自殺だと噂する人もいましたけど」

「それは、……不幸な事故だったね」

「はい、あまりにも、急でした。……というか、僕の傍にいたのは本当に彼女だったんですね……。それ以外に考えられないと思ってはいましたけど、あなたと話すことで、確信できました」

「ちなみに、彼女はまったく離れる気がないみたいだよ」

　御堂がそう言った瞬間、青年は瞳《ひとみ》に明確な喜びを映した。

　愛する人がこれほど痛々しい姿になっていたなら、普通は楽にしてあげたいと思いそうなものだが、視えないというのはときに残酷だと爽良は思う。

「僕も、彼女と同じ気持ちです。もう離れたくありません。……ただ、最近になって、一緒に住む家族が、度重なる不可解な現象を霊的なものだと察したようで……。僕が知らない間に、お寺にお祓いの依頼をしていたんです。結局上手《うま》くいかなかったみたいですが、それ以降、家族に起こる異変がどんどんエスカレートして……」

「なるほどね。さしずめ、君と引き離されるんじゃないかと思って、彼女が怒りを爆発させたってところか。……ちなみに、彼女はもはや、そこらの霊能者に祓えるレベルじゃないよ。それくらいに、危険な存在だって意味で」

「それは、……わかってます」

「……本当にわかってる？」

「わかってますし、僕だって家族や周囲を犠牲にしてもいいなんて思ってないんです。……だから、できるだけ人に迷惑をかけずに、彼女の傍にいてあげられる方法を考えて……、そんなときに、たくさんの霊が集まってくるっていう鳳銘館の存在を知ったんです。そこなら、住人の皆さんもきっと慣れているだろうし、彼女と一緒に過ごす僕を受け入れてくれるんじゃないかって——」

「……事情は、よくわかった。……事情だけは」

言葉を遮った御堂の表情は、わかりやすい程にうんざりしていた。

それも無理はなく、鳳銘館がいくら霊を許容している場所であろうとも、危険な悪霊を連れて住みたいだなんて、あまりにも横暴な要求だからだ。

ただ、視えないだけに悪意を感じられず、むしろ純粋な愛を語られ、御堂からは強い困惑が伝わってきた。

しかし。

「まず結論から言うけど、視えない人は、鳳銘館に住めない決まりなんだよ」

結局御堂が口にしたのは、ある意味予想通りの言葉。

むしろ、青年が、自分には視えないと語っていた序盤から、既に出ていた結論だった。

しかし、あまりに禍々しい霊を背負った青年を前にして、さすがの御堂も簡単に追い返すわけにはいかないのだろう、ショックを受ける青年を前に、さも面倒臭そうに天井を仰ぐ。

「……ちなみにだけど、君がさっきから無邪気に口にしている要求は、ペット可のマンションに猛獣を連れて来て住まわせてくれと言ってるようなものなんだよ」

「も、猛獣……？」

「いや、もっとタチが悪いかも。俺は寺の生まれだから、普段なら、君がなんて言おうと有無を言わさず祓うところなんだけど、……でも、そこまで禍々しい存在に成り果ててしまうと、なんの準備もなしに祓うことはできないんだ」

「そんな……、ここは、霊を受け入れてもらえる場所では……」

「君は、鳳銘館を誤解してる。いくら住民たちが霊に慣れているといっても、皆に危険を回避する力があるわけじゃない。ここは、同じく視える人間同士が、理解されない思いを共有するために作られた場所なんだ」

「…………」

「というか、——死ぬよ、君。このままだと、近いうちに」

トドメを刺すように言い渡したその言葉で、爽良の心臓がドクンと鳴った。

態度にはあまり出ていないものの、どうやら御堂は想像以上に苛立《いらだ》っているようだと爽良は察する。

ただ、今回ばかりはそれも無理はなかった。

青年は御堂の圧に押されてか、さっきまで期待に満ちていた目を不安げに泳がせ、膝《ひざ》の上の手をぎゅっと握りしめる。

同時に、女の霊がその背中にそっと頬を寄せた。

おそらく、以前はとても仲の良い恋人同士だったのだろうと爽良は思う。

とはいえ、彼女がこうなってしまった以上、二人が一緒に過ごすなんてどう考えても難しく、もはや納得してもらう他なかった。——しかし。

「僕は、いいです。……それでも」

突如、青年は伏せていた顔を上げ、強い意志の滲《にじ》む視線を御堂に向けた。

「……は？」

「だから、……僕は、死んでもいいんです。……彼女が僕を連れて行きたいなら、望む通りにしてあげたい。……ただ、その瞬間まで過ごせる場所が、ここ以外にないんです。

だから……」

必死にそう訴える青年からは、いっさいの迷いが感じられなかった。

爽良は戸惑い、おそるおそる御堂の表情を窺《うかが》う。

青年が口にしたのはさも御堂が嫌いそうな言葉であり、今度こそ怒って追い返すのではないかと気が気ではなかったからだ。

しかし、幸いにも爽良の予想は当たらず、御堂はしばらく黙って青年を見つめた後、やがてゆっくりと口を開いた。

「……なるほど。そこまで強い覚悟を持って、ここに来たのか」

「はい。なにがあっても、気持ちは変わりません」

「そっか。……じゃあ、住んでみる？　しばらくの間」

それは、まったく予想もしなかった言葉だった。

「み、御堂さん……？」

たちまち動揺する爽良に御堂は小さく頷《うなず》き、さらに言葉を続ける。

「ただ、さっきも言った通り、視えない人間はうちには住めない決まりだから、期間限定でね。あと、こっちは住人を守る義務があるんで、いくつかの条件を呑《の》んでもらうけど、いい？」

「条件、ですか……」

条件という言葉を不安げに繰り返しながらも、青年の目には、一度消えかけたはずの希望が宿っていた。

御堂は頷き、突如、ポケットから二枚のお札を取り出す。

「そう、条件。まず、君が寝泊まりする部屋には、内側からこれで結界を張らせてもらう」

「結界……？」

「彼女の影響が、他の部屋に出ないようにするために。……あと、部屋を出るときは、君と彼女の物理的な距離を縛るためのお札を、肌身離さず持っててもらうよ。ただし、うっかりすると両方のお札の効果が重複して彼女が消えかねないから、お札を持ち歩くのは部屋の外だけにして」

「そ、そんなこと、可能なんですか……？」

「いや、そういう場所だってわかって来たんでしょ？　あと、期限は一ヶ月で」

「たった、一ヶ月……」

二人の間でみるみる話が進行していくことに、爽良は困惑していた。

しかし、もはや割って入れる空気ではなく、黙ってことの成り行きを見守る。

「そう一ヶ月。それ以上はこっちも譲れない。……ただ、期限内に君が彼女の魂を癒《いや》すことができた場合は、全部を看過することにするよ」

「看過？　つまり、どういう意味ですか……？」

「彼女は霊能者や周囲の人間が下手に煽《あお》ったせいで、そこまで禍々《まがまが》しい存在になったたんだと思う。でも、一ヶ月間ここで君と静かに過ごすことで気持ちが落ち着くなら、――それこそ、俺がわざわざ祓《はら》おうと思わないくらいに大人しくなったときは、ここ以外で暮らしても別に問題はないわけだし、今後のことに俺は干渉しないよ。だから、君の言う〝霊を受け入れてもらえる鳳銘館〟で、一ヶ月試してみればいいいんじゃないかって」

「試しても、……いいん、ですか」

「ただし、逆に一ヶ月経っても彼女に変化がない場合は、容赦なく祓う。死んでもいいっていう君の覚悟はよくわかったけど、俺は君に死に場所を提供する気なんてないから。もちろん、一ヶ月経っていなくても、君の命がやばいと思ったときは即座に祓う」

「そんな……！」

「こっちだってかなりのリスクを背負うんだから、それくらいの条件は呑んでもらわないと。それに、上手《うま》くいきさえすれば、君はこれからも彼女とずっと一緒に過ごせるんだよ？」

「…………」

「呑めないなら、彼女を連れてさっさとここから出て行って。まぁその場合は、家族や友人の安全は保証されないけど」

青年は、しばらく黙っていた。

ただ、青年の立場になれば、もはや選択の余地などないことは明らかだった。

そして、爽良は密《ひそ》かに察していた。御堂には、看過する気など最初からなく、青年をある程度納得させた上で祓うつもりなのだろうと。

なぜなら、この女の霊が祓う必要がないくらい大人しくなるなんてことは、到底考えられなかったからだ。

正直、騙《だま》すようなやり方は気が引けるけれど、青年の命を最優先するならばそれ以外になく、爽良には異論を唱えることはできなかった。

やがて、青年は表情にわずかな戸惑いを滲ませながらも、ゆっくりと頷く。――そして。

「僕は、田村隆二《たむらりゅうじ》と申します。彼女は、桃香《ももか》。……一ヶ月間、どうぞよろしくお願いします」

改めて口にした自己紹介が、決断を意味していた。

「――いやー、どいつもこいつも女の霊くっつけて、呆《あき》れちゃうわ」

「やめてください、そんな言い方」

その後、碧に事の顚末《てんまつ》を報告すると、碧は可笑《おか》しそうに笑い飛ばした。

礼央のことまで揶揄《やゆ》されたことに文句を零《こぼ》すと、碧はまったく悪びれずにニヤニヤと笑う。

「だって、あの祓いたがりの吏が立て続けにお預け食らって、相当なストレスを溜《た》めてるんだろうなって思うと面白いじゃない。まあ、爽良ちゃんが予想した通り、吏は祓わざるを得ない状況を作っただけなんだと思うけど、……最長で一ヶ月も様子を見なきゃいけないなんて、だるすぎでしょ」

「そうやって面白がらずに、隆二くんの心配をしてあげてください……。もし彼が視える側の人だったなら、とっくに彼女に命を奪われていたかもしれませんし……」

「それは本当にそう。霊感がないって、ある意味最大の防御だよね」

「でも、桃香さんの気配は本当に危険ですし、いくら霊感がないっていっても、いつまでも無事でいられるとは……」

「まあまあ、吏が責任取って様子を見るんだろうから、任せておきなよ。とはいえ、オーナーの爽良ちゃんを無視して住まわせることを決めるなんて、ちょっと投げやり感が否めないけど」

「……それは、確かに」

爽良には、碧の「投げやり感」という言葉に納得せざるを得ない明確な理由があった。

というのは、御堂はあの後、提示した条件に関する誓約書を作って隆二にサインさせたかと思うと、一ヶ月間使わせる部屋も爽良に相談なく決めてしまった。

しかも、当の部屋は、壁紙が湿気で剝《は》がれたまま修繕が追いついていない、三〇三号室。

まさに投げやりに決めた感が否めなかったが、幸い三階の東側の部屋には現在住人がおらず、真下の二〇三号室も空室であり、万が一のことがあっても被害が少なそうという意味では最適と言えた。

「で？　その田村隆二くんとやらは、今どうしてるの？」

「荷物を取りに一旦《いったん》帰りました。今日の夜には戻って来るそうです」

「展開、早」

「ですよね……。ひとまず居場所が確保できたって、嬉《うれ》しそうに言ってました。かたや、こっちは気が気じゃないですが」

「まあねえ。とはいえ、一ヶ月なんてあっという間だしね。むしろ、一ヶ月後にはすべてが丸く収まると思うと、気が楽じゃん」

「それは、……そうなんですけど」

領いたものの、爽良としては複雑だった。

あくまで隆二の命を優先するという意味では、丸く収まるという表現は間違っていないが、一ヶ月後に待ち受ける結末は、隆二が思い描く最良のものにはまずならない。

俯《うつむ》く爽良に、碧が苦笑いを浮かべた。

「だからさ、そうやって考え過ぎるのはやめなさいって。心も体も消耗するし、いいことないから」

「わかってるんですけど、つい」

「とにかく、爽良ちゃんは礼央くんのことだけ考えてなって。なにせ、あっちはどんなに悪い方に考えようと、全部杞憂《きゆう》に終わるから」

「そ、そうだ、礼央……、今日は一度も会ってないけど、無事でしょうか……」

「いや聞いてる？　全部杞憂だって言ってるじゃん」

「どうしても不安で。……碧さんの肝の据わり方、見習いたいです」

「私だって一刻も早く見習ってほしいよ」

碧はすっかり呆れているけれど、爽良には、気楽に構えることなどできなかった。

とはいえ、礼央にしろ隆二にしろ、爽良にできることはない。

爽良は憂鬱《ゆううつ》な気持ちで、これから迎える長い一ヶ月に思いを馳《は》せた。


――しかし。

必要以上に身構えて挑んだ日々は、思いの外《ほか》、穏やかに過ぎた。

隆二は最近の若者にしてはずいぶん規則正しく、爽良はたびたび、朝から庭の散歩をする隆二の姿を見かけた。

聞けば、一ヶ月で桃香の気持ちを落ち着かせるために、通学だけでなく、その他の外出も極力控えて人と距離を取り、そのぶん体がなまらないよう庭を歩き回っているのだとか。

声をかけると、「元々時間があれば出かけたい方ですし、ずっと引き籠《こも》ってるのは性に合わなくて」と、苦笑いを浮かべていた。

その言葉の通り、隆二が部屋に持ち込んだ荷物は使い込んだ形跡のあるキャンプ用品であり、下宿期間は布団代わりに寝袋を使う予定とのこと。

他にも数々のアウトドアグッズをコレクションしているらしく、隆二が本来いかにアクティブなタイプであるかは、引越し当日に見せてくれた部屋の様子から一目瞭然《いちもくりょうぜん》だった。

しかしその一方、隆二はかなりの寒がりらしく、冬の中休みのような暖かい日ですら、散歩の際には手袋にネックウォーマーにニットキャップにと、まるで雪山へ行くかのような完全防備を欠かさない。

見兼ねた碧が、さすがに厚着すぎないかと突っ込んでいたけれど、隆二は「これでもまだ寒い」と、さらに「夜はさらに耐えられないので、寒冷地仕様の一番暖かい寝袋を買っちゃいました」と、嬉々《きき》として語っていた。

ただ、なんにせよ、隆二が塞《ふさ》ぎ込むことなくリラックスして過ごしている姿は、傍《はた》から見ていて安心感があった。

相変わらず背中にべったりと張り付く桃香も、気配が弱まりそうな兆候こそないものの、今のところは暴れ出すことなく大人しくしている。

しかし、そんな状況の中、爽良がもっとも神経をすり減らしたのは、礼央と隆二が接触する瞬間だった。

というのは、二人がすれ違ったり言葉を交わしたりする間だけは、互いの霊たちの醸す空気がかすかに張り詰め、周囲の気温がぐっと下がる。

礼央にはあらかじめメールで詳細を伝えていたぶん、二人が一緒に過ごすようなことはなかったけれど、それでも同じ建物内に住んでいる以上、完全に避けることは不可能だった。

「――まあ……、いわば、あの二体の霊は同じ部類だしね、やっぱ互いに意識するんじゃない？」

不安になって御堂に相談したものの、返ってきたのは、思いの外《ほか》のんき気な回答。

ただ、それぞれの霊から伝わってくる、相手が傍にいさえすれば満足であるという雰囲気は確かによく似ていて、〝同じ部類〟という御堂の表現は妙に納得感があった。

「なんだか、私からすれば気が気じゃないですけど、一応は両方なんとかなってるみたいで不思議です……」

「あくまで、一応だけど。ただ、危なっかしく見えても不思議と成り立つ関係って、意外とあるからね」

「危なっかしくても成り立つ関係……、ですか」

「別に、田村くんと彼女がそうだって言ってるわけじゃないけど」

苦笑いを浮かべながらそう話す御堂に、爽良はふと、ならば誰のことを言っているのだろうと疑問を抱く。

けれど、御堂は過去に思いを馳せるかのような遠い目をしていて、なんとなく、聞くことができなかった。

そして、そんな落ち着かない日々もあっという間に過ぎ、――ついに折り返し地点を過ぎた三週目。

ここ二週間というもの、結局爽良が心配したような危険な出来事は起こらず、隆二も変わらない様子でたびたび桃香と散歩をしていた。

隆二は桃香が視えない上に言葉も交わせないけれど、時折、隆二が桃香に優しく語りかけている声が聞こえ、視える爽良からすれば、普通の恋人同士のようだと感じる瞬間すらあった。

ただし、桃香の内に滾《たぎ》る禍々《まがまが》しさは今もまだ不変であり、最初に隆二に期待させたようなポジティブな変化はやはり見られなかった。

つまり、この状態のままあと二週間弱が過ぎれば、桃香は御堂によって祓《はら》われてしまう。

それが正しい対応だとわかっていても、二人が散歩する姿を見るたびに、爽良はいつも複雑な気持ちになった。

そんな、ある朝。

その日は強い寒波のせいで異常に冷え込み、爽良は大急ぎで庭の掃除を終わらせて玄関に駆け込むと、ほっと息をついた。

しかし、玄関ホールに上がるやいなや裏庭の方から覚えたのは、桃香の気配。

こんな寒い日に、よりによって裏庭の散歩をしているのかと、爽良は半分呆《あき》れながらも廊下の窓から外を覗《のぞ》く。

すると、予想通りと言うべきか、目に入ったのは、裏庭を歩く隆二の後ろ姿。

その瞬間、爽良はふいに小さな違和感を覚えた。

というのは、誰よりも寒がりな隆二の服装が、こんな日に限っていつもよりもずいぶん軽装だったからだ。

手袋やネックウォーマーは着けているものの、上着は最近よく見る分厚いダウンコートではなく、ここに住みはじめた頃に着ていたブルゾン。

たかだか服装とはいえ、常に隆二の動向に注意を払っている爽良からすれば、無視できない不自然さだった。

爽良は不安に突き動かされるように廊下の奥の通用口へ向かい、そこからふたたび外に出る。

すぐにキンと冷えきった空気に包まれ、やはり隆二の服装はおかしいと改めて考えながら裏庭へ向かった。

そして、ついさっき隆二を見かけた方向へ足を進めると、間もなく行き着いたのは、ガーデンセットとたくさんの鳥の巣箱が設置された、爽良が〝ガーデン〟と呼ぶ、もっともお気に入りの場所。

冬本番となってからはすっかり足が遠のいたけれど、礼央は霊に付き纏《まと》われて以来、一人で過ごせる場所として今も使っているらしく、ガーデンセットは綺麗《きれい》に保たれていた。

しかしそこに隆二の姿はなく、爽良はさらに先に進む。

やがて生垣に突き当たるとそのまま西側へと向かい、この前見つけたローズマリー畑を横目にふたたび建物の方へ進み、——ようやく、池のほとりにぽつんと立つ隆二の姿を見つけた。

隆二は池の縁を囲う石に腰掛け、どうやら金魚を眺めているらしい。

その背中にはもちろん桃香の姿があり、隆二よりも早く爽良の存在に気付いた桃香は、早速かすかな警戒感を滲《にじ》ませた。

「そんなに構えなくても、なにもしないから……」

思わずそう口に出すと、ふいに隆二が振り返り、爽良を見ていつも通りの笑みを浮かべる。

「爽良さん……！　裏庭で会うなんて、なんだか珍しいですね」

「うん……。裏庭は暗いし寒いから、最近はあまり来なかったんだけど、……さっき隆二くんの姿を見つけて、つい気になって」

「気になって……？　僕なにか変ですか？」

「いや、なんていうか……」

「まさか、桃香の方ですか？　もしかして爽良さんに迷惑をかけたりとか……」

「そ、それも、違くて。……ただ、寒くないのかな、って」

「え?……ああ」

言いながらブルゾンにチラリと視線を向けた爽良に、隆二は小さく笑った。

ただ、——隆二の表情がほんのかすかに引き攣《つ》った瞬間を、爽良は見逃さなかった。

とはいえ、その理由はわからず、隆二もすぐに表情を戻す。

「あのダウン、着過ぎたせいか縫い目がほつれて、中から羽根が飛び出してきちゃったんです。安物なのによく持った方ですけど」

「そう、なんだ……。代わりは持ってないの? その恰好《かっこう》じゃ、あまりにも寒そうで……」

「実家に帰ればあるんですけど、面倒で。それにあと二週間もないですし、耐えられるかなって」

「……そっか」

寒さが日に日に厳しくなるこの時期、異常に寒がりな隆二の「耐えられる」という言葉には、やはり違和感があった。

とはいえ、隆二がなにかを誤魔化そうとしているのなら、直接的な質問をしたところで答えが返ってくるとは思えず、爽良はやむなく追及を断念する。

こんなときに、それとなく探るスキルがあったならと思うけれど、人とほとんど関わってこなかった爽良にはただの無いものねだりだった。

そうこうしている間にも周囲の気温がじわじわと下がりはじめ、これは桃香の影響に違いないと、爽良は咄嗟《とっさ》に隆二から一歩離れる。

そして、今日は出直した方がよさそうだと考えはじめた、そのとき。

ふと、隆二がブルゾンの中に着ているニットに目が留まった。

それはとても鮮やかなブルーで、少なくともここ二週間では、一度も見たことのないものだった。

ただ、隆二はそもそも「たった一ヶ月だし外出もあまりしないので」という理由で、洋服を必要最低限しか持ち込んでおらず、何枚かの洋服を短いスパンでローテーションしている。

にも拘《かかわ》らず、三週目になって初見の洋服が出てくるなんて変ではないだろうかと、疑問を抱かずにいられなかった。

些細《ささい》なことだと思いつつも、爽良の心の中では、言い知れない不穏な予感がみるみる膨らんでいく。

「……そのニットの色、似合ってるね」

探るつもりでそう言うと、隆二は小さく瞳《ひとみ》を揺らした。

「そう、ですか……？　買ったはいいけど似合わない気がして、ずっと仕舞い込んでたんですけど……」

明らかな動揺に、やはりなにかあると爽良は確信する。

ただ、桃香の霊障がもはや無視できないくらいに強まっていて、吐く息の白さに焦った爽良は、隆二からさらに離れた。

「じゃ、じゃあ、私はもう戻るけど、……長居して風邪ひかないようにね」

慌ててそう言い残して池を後にすると、凍るような寒さは次第に緩み、爽良は通用口の前に立ち止まってほっと息をつく。

しかし、——今日の気温に合わないブルゾンに、初めて見たニットにと、隆二のことで心に生まれたモヤモヤは、膨らんでいくばかりだった。


「——やっぱり、祓うんですよね」

それは、ついに四週目に差し掛かったある日のこと。

玄関ホールで鉢合わせた御堂にそう尋ねると、御堂はとくに迷う様子もなく、あっさりと頷《うなず》いてみせた。

「爽良ちゃんもお察しの通り、一ヶ月ってのは彼に納得してもらうための猶予期間だから。もちろん、乱暴に消し飛ばそうなんて思ってないよ。供養できそうならするつもりだし、ただ、捕まえてみないことにはなんとも」

「いえ、……そういうことではなく」

「なに？　もしかして反対？」

「……そういうことでも、なく……」

「どした？　思ってること言いなよ、もう前みたいに怒らないから」

「…………」

御堂がわざわざ「前みたいに」と補足したのも無理はない。

以前の御堂なら、爽良が霊に対して甘い認識を見せるたび、即座に苛立《いらだ》ちを露《あら》わにしていたからだ。

ただ、今日に至っては本人の宣言通り落ち着いていて、それこそまさに、爽良が杏子の魂を見つけて以降、御堂に起こったもっとも大きな変化と言える。

爽良は戸惑いながらも頷き、ゆっくりと口を開いた。

「桃香さんを放っておくのは危険だと、私も思います。でも、肝心の隆二くんの心境に変化があったとは思えなくて。……実際、いつも楽しそうに散歩してる姿を見かけますし」

「確かにしょっちゅう散歩してるよね。こんなに寒いのに」

「はい。前は朝だけでしたが、最近は昼間や夕方にも見かけます。……多分、鳳銘館にいると、たとえ視えない体質だったとしても、桃香さんの存在を認識できるような霊障を感じたこともあったと思うんです。だから、むしろ、ここなら桃香さんの存在を感じながら、二人で生きていけるっていう手応《てごた》えを持ってしまったんじゃないかって。……だとすれば、別れの覚悟なんてとても――」

「本当に、〝楽しそうに散歩してる〟ように見えた？」

ふいに言葉を遮られ、ドクンと心臓が揺れた。

「え……？」

「変だなって、思わなかった？」

「変……？」

御堂から問われ、真っ先に爽良の頭に浮かんできたのは、数日前に見た隆二の服装のこと。

ただ、爽良には結局、あのときの違和感がなにを意味しているのか、よくわかっていない。

そんな曖昧《あいまい》な疑問を口にしていいものかと迷っていると、御堂は苦笑いを浮かべた。

「だから、遠慮なくなんでもいいから言ってみなって」

「そ、その……、あえて言うならですが、隆二くんの服装が、なんだか急に変わったというか……」

「ああ、服装ね。最近通販で買ったみたいだよ。彼宛の荷物をたまたま配送会社から受け取った碧も、不思議がってた」

「え？　通販……？」

「そう。彼は鳳銘館の外に出ることを避けてるから、家に取りに帰ることも買い物に出ることもできず、通販で」

「私には、仕舞い込んでた服だって言ってましたけど……、本当は通販で買ってたんですね。でも、どうしてわざわざ今……」

「そう。ここにいられるのはあと少しなのに、変だよね。……つまり、わざわざ買わざるを得ない理由があったんじゃない？」

「……買わざるを得ない、理由」

もう少しでなにかがわかりそうで、心臓が不安な鼓動を鳴らす。

しかし、それがはっきりと形になる前に、背後に突如人の気配を覚え、爽良は咄嗟に振り返った。

すると、廊下の角から現れたのは、さも不満げな表情を浮かべる礼央。

礼央は爽良と目が合うと小さく頷いてみせ、それから御堂に鋭い視線を向けた。

「丸くなったって聞いてたけど、やたらとまどろっこしい説明して、性格の悪さは相変わらずだね」

その言葉を聞き、礼央はどうやら御堂との会話を聞いていたらしいと察する。

一方、御堂は心外とばかりに笑った。

「いやいや、俺は爽良ちゃんの考える力を伸ばそうとしてるだけで」

「余計なことしなくていいから。……というか、そんな悠長なことしてる暇ないと思うけど。あの人、もうとっくに限界を超えてるよ」

「あ、やっぱ君も気付いてた？　さすが、恋心で共鳴し合う霊を飼ってるだけあって、鋭いね」

「……くだらない」

「二人ともちょっと待っ……、どういうこと……？」

突如険悪な雰囲気が漂い、爽良は慌てて二人の間に割り込む。

すると、御堂がふいに、玄関の扉を指差した。

「まあ見てて。すぐにわかるよ」

「え……？　なにを……」

「いいから」

爽良はまったくわけがわからないまま、ひとまず言われた通りに玄関の扉の方へ視線を向ける。

すると、――突如、辺りの空気が急激に重く澱《よど》み、やがてゆっくりと扉が開いた。

そして。

「……隆二、くん？」

現れたのは、散歩帰りと思《おぼ》しき隆二。

その恰好を見た途端、爽良はふと、三日前とよく似た違和感を覚えた。

ブルゾンやニットは前回と同じだったけれど、今日に関しては、住み始めた当初からずっと使っているニットキャップやネックウォーマーが、別のものに替わっていた。

ただ、そんなことよりもっとも異様だったのは、手に手袋ではなく、軍手をつけていたこと。

「隆二くん、それ……」

思わず指を差した爽良に、隆二はどこかバツが悪そうな表情を浮かべ、両手を背後に隠した。

「……て、手袋を、失くしちゃって。寒いから、納戸にあったやつを勝手に借りたんです。すみません、すぐに返そうと……」

「――さすがに苦しいよ、その言い訳」

最後まで言わせず言葉を遮ったのは、礼央。

礼央は依然として戸惑う爽良を他所《よそ》に、隆二の正面へ移動すると、強引に手首を摑《つか》んだ。

「ちょっ……、なにを……」

「どうせ酷《ひど》いんでしょ、傷」

「なっ……」

「もう諦《あきら》めた方がいいよ」

礼央はそう言うと、隆二の手からするりと軍手を抜き取る。

その瞬間、爽良は息を吞《の》んだ。

なぜなら、隆二の手が、あまりにも傷だらけだったからだ。

それらは離れた場所から見てもはっきりとわかる程酷く、中にはまだ生々しいものもあった。

「どうして、そんな……」

理解が追いつかず、爽良の頭の中は一気に真っ白になる。

すると、横で御堂が深い溜《た》め息をついた。

「……どうせ、手以外もそんな感じなんでしょ？」

それは、まるですべてを見透かしているかのような問いかけだった。

しかし、隆二は酷く目を泳がせながらも、曖昧に笑う。

「違……、これは……、散歩中にこけて……」

「だから、無理があるって」

「…………」

即座に反論され、隆二はついに口を噤《つぐ》んだ。

すると、御堂は唐突に、階段を上がりはじめる。

「悪いけど、君が使ってる部屋を確認させてもらうね」

「ちょっ……、待ってください……！」

「もう十分待った方でしょ。むしろ、どれだけ気が気じゃない思いで傍観してたか、察してほしいくらいだよ」

「…………」

「ここは、大切な場所なんだから。もちろん俺にとってもだけど、爽良ちゃんにとっては特に」

急に名前が出て、爽良はビクッと肩を震わせる。

すると、御堂は手摺《てす》り越しに爽良に手招きした。

「爽良ちゃんもおいで。君がオーナーなんだし、一緒に確認しよう。マスターキーは持ってるよね？」

「持ってますけど……、あの……」

「来たら全部わかるよ」

「………」

正直、爽良はいまだこの展開に付いていけていなかったけれど、自分が平穏だと思い込んでいた日々の裏で、実は怖ろしいことが起きていたらしいと、ようやく察していた。

爽良は御堂の後を追いながら、ふと礼央の方を振り返る。

「礼央も一緒に……」

「うん、行く」

そう答えた礼央の息は、屋内ではあり得ないくらいに真っ白だった。

その異常な光景を目にした瞬間、爽良は、周囲の気温がすごい勢いで下がっていることに気付く。

「霊障が、いつも以上に……」

「そういう意味でも、もう限界なんだよ」

「そういう意味……？」

「彼の結界も、ギリギリって意味」

結界と聞いて思い当たるのは、桃香が隆二から離れないようにと御堂が持たせたお札によるもの。

それが限界と聞き、爽良の心に言い知れない不安が広がっていく。

かたや、礼央はいたって冷静に爽良の背中を押し、上の階へと促した。

「とにかく、部屋に急ごう。今は、できるだけあの霊に近寄らない方が良さそうだから、爽良は先に行ってて」

「でも、礼央だって危ないんじゃ……」

「俺は平気。それに、こっちの問題ももう少しだから、余裕あるし」

そのずいぶん落ち着いた様子から、礼央は御堂と同様にすべてを察しているのだろうと爽良は思った。

本当は聞きたいことが山程あったけれど、爽良はその気持ちを抑えて階段を三階まで駆け上がり、東側の廊下へ足を進める。

すると、三〇三号室の戸の前に立つ御堂が、爽良に手を差し出した。

「マスターキー、貸して」

「は、はい……！」

ポケットから鍵《かぎ》の束を差し出すと、御堂は一度ゆっくりと息を吐き、それから鍵穴に鍵を差し込む。

やがてガチャ、と小気味良い音が響き、ゆっくりと扉が開かれた瞬間、——爽良の心臓が、ドクンと大きく鼓動を鳴らした。

なぜなら、目の前に広がっていた室内の様子が、爽良が見慣れているものとはまったく違っていたからだ。

真っ先に目に入ったのは、壁や天井や戸など、部屋中のあらゆるところに付けられた、いくつもの大きな傷。

部屋の境の戸に至っては、形が大きく歪《ゆが》み、いくつもの亀裂《きれつ》が入っていた。

ダイニングにはキャンプ用品が広げられているが、最初に見せてもらったときとはまったく違い、折り畳みの椅子もマットもすべてボロボロに破れ、もはや原形を止《とど》めていない。

御堂はその信じ難い光景をぐるりと見回し、うんざりした表情を浮かべた。

「うわ……、これは想像以上かも……。せめて、原状回復契約だけでも結んどけば良かった……」

その口調は、こうなることを予想していたとでも言わんばかりだった。

現に、御堂はこの惨状を見ても動揺ひとつ見せず、躊躇《ためら》いなく部屋へ上がると奥へ進み、正面の部屋の入口に立つ。

「この部屋もかなり酷いな……。ってか、爽良ちゃんが言ってた違和感の答え、ここにあるじゃん」

「え……？」

「ほら、こっち来て、見てみなよ」

そう言われ、爽良はおそるおそる部屋に上がり、御堂の横から部屋を覗《のぞ》き込んだ。――瞬間、床の四隅に埃《ほこり》といっしょくたになって溜まる、ふわふわとした白いものが目に入った。

「あれは……？」

「羽毛だよ」

「羽毛、って……」

「彼がよく着てたダウンジャケットの、なれの果てでしょ」

「あ……」

そう言われた途端に頭を過《よぎ》ったのは、爽良が隆二の恰好《かっこう》に違和感を覚えた、ひときわ寒い朝のこと。

隆二はあのとき、薄着を指摘した爽良に、「あのダウン、着過ぎたせいか縫い目がほつれて、中から羽根が飛び出してきちゃったんですよね」と語った。

しかし、部屋に広がっている惨状は、縫い目がほつれた程度で済まされるような軽いものではなかった。

よく見れば、床にはすっかりただの布となったダウンジャケットのナイロン生地が放置され、さらに、その周囲には同じくボロボロになったニットやパーカーや手袋などの衣服が、いくつも確認できる。

その異常な光景を見ながら、ようやく爽良は、頭の中で点と点が線になっていくような感覚を覚えていた。——そのとき。

「——まとめて、実家に送ろうと思ってたんです。……集積所に捨てたら、怪しまれると思ったから」

背後から聞こえてきたのは、か細い声。

振り返ると、部屋の入口で礼央に支えられるようにして立つ、隆二の姿があった。

「隆二くん……」

名を呼ぶと、隆二は深く俯《うつむ》いたまま、突如、ネックウォーマーとニットキャップを外す。

すると、これまで隠れていた額や首筋に、手と同様の痛々しい傷がいくつも確認できた。

ただ、爽良が傷以上に気になったのは、その、驚く程の細さ。

常に完全防備だったせいで気付かなかったけれど、隆二は三週間前に比べ、明らかに痩《や》せ細《ほそ》っていた。

あまりの衝撃で声も出せない爽良に、隆二は自嘲《じちょう》気味に笑う。

「……ずっと帽子や手袋をしてたのは、傷を隠したかっただけじゃなくて、……どんどんやつれていく体に気付かれたくなかったんです。見られたら最後、御堂さんが桃香を祓《はら》ってしまうんじゃないかと思って、……それが、怖くて」

「いつから、そんな……」

「……住み始めて、数日後に。最初は、桃香の存在を肯定してくれる人たちの存在が心強かったですし、部屋にいるとふいに不自然な物音が聞こえたりして、そんな些細《ささい》なことに桃香の気配を感じて、嬉《うれ》しくて。きっと桃香も、喜んでいるんだと思っていました。……だから、誰にも邪魔されないこういう環境で過ごしていれば、桃香の気持ちはきっと落ち着くだろうと、純粋に信じていたんです。それで、一ヶ月後には一緒にここを出て、普通に暮らせるんじゃないかって。……だけど」

隆二はそこまで一気に喋《しゃべ》ると、一度苦しそうに息を吐き、拳《こぶし》をぎゅっと握りしめる。

そして、わずかな沈黙の後、涙をいっぱいに溜《た》めた目を爽良に向けた。

「……無理だって、すぐにわかりました。……桃香が、だんだん部屋で暴れるようになったから」

「隆二、くん……」

「部屋にいると、衝突音のようなものが頻繁に聞こえるようになって、……少しずつそれが大きくなって、次第に部屋が揺れたり、壁紙が裂けたり。……これはきっと良くない反応だってわかってたんですけど、皆さんに報告したら、桃香のせいだってばれちゃうから、……言えませんでした。幸い、振動や音は、皆さんに気付かれていないようでしたし」

「確かに、私は全然気付かなかったけど……」

爽良は改めて考えてみたけれど、やはり思い当たる節がなかった。とはいえ、この部屋の惨状を見れば、相当な音や振動が響いても不思議ではなく、爽良は首をかしげる。

すると、御堂が小さく肩をすくめた。

「そりゃ、周りは気付かないよ。前にも説明した通り、霊障の影響が周囲に出ないようこの部屋には結界を張ってるんだから」

「音や振動も結界の効果で……？」

「そう。被害は最小限に留《とど》めておきたかったから、強めに張ってる」

爽良はその言葉を聞き、御堂はこういう事態を迎えることまですべて想定していたのだと察する。

それを残酷だと思う半面、一ヶ月近く隠し続けた隆二の必死さを思うと、こうでもしなければ諦《あきら》めがつかないという判断に納得できてしまっている自分もいた。

部屋に重い空気が流れる中、隆二はふたたび口を開く。

「それで、……みるみる部屋がボロボロになっていって、なおさら言えなくなって、……そんな中、突如、桃香が僕に危害を加えるようになったんです。寝てると、喉《のど》を締め付けられるような感覚があって、咄嗟《とっさ》に抵抗したら壁に突き飛ばされて、物が勝手に僕に向かって飛んできて……。あっという間に、全身傷だらけになりました。……それで、気付いたんです。桃香が、僕を連れて行こうとしてるんだって。僕は、……だんだん、不安になって」

「でも、君は、彼女が望むなら死んでもいいって言ってたよね。むしろそれを望んでるかのような言い方だったし。だったら、本望なんじゃないの」

「み、御堂さん……」

隆二を追い込むような御堂の指摘に、爽良は思わず口を挟んだ。しかし、御堂はそんな爽良を視線で制し、さらに続ける。

「だからこそ、俺は部屋を提供したんだ。死んでもいいなんて言うくらいだから、よほどの覚悟があるんだろうと思って。……それで、実際に命の危険に直面した君は、ようやく希望が叶《かな》うとは思わなかったの？」

「……それは」

「思わなかったんだ？　あんなに豪語してたのに」

「僕、は……」

御堂の糾弾はあまりに容赦なく、周囲の空気が一気に張り詰めた。

ただ、その様子を見ながら爽良の脳裏を過ったのは、かつて、霊に同情ばかりする爽良を責めた、御堂の様子。

あのときはどれだけ打ちのめされたか、爽良は今もはっきりと覚えている。

精神的に落ちるところまで落ち、突きつけられた自分の甘さが、心底嫌になった。

けれど、今となってみれば、あれは御堂の優しさであり、爽良の命を最優先に考えた上での荒療治だったと理解している。

そして、御堂はおそらく、あのときと同じ思いを隆二に伝えようとしているのだろうと、爽良は思っていた。

それに気付いてしまった爽良は割って入ることができず、ハラハラしながら二人の様子を見守る。

やがて、すっかり黙り込んだ隆二に、御堂は小さく溜め息をついた。

「もし、この部屋に結界がなかったらって考えてもらえればわかると思うけど、……君が安易に彼女を庇《かば》うことで、周囲の人間が同じ目に遭うんだよ」

「…………」

「あと、気付いてないみたいだから教えておくと、君の辛《つら》さなんて全然たいしたことない。彼女の方が、何十倍も苦しいはず」

「え……？」

その言葉で、隆二が勢いよく顔を上げた。

御堂は傷だらけの部屋をもう一度ぐるりと見回し、隆二と目を合わせる。

「そりゃそうだよ。君なんかよりよっぽど辛いでしょ。……無念や苦しみに呑《の》まれて自我が残ってないならまだマシだけど、もし残っていたとしたら、好きだった相手を自らの手でボロボロにしてるんだから」

「……そんな」

「君の言う〝連れて行く〟っていうのは、そういうことだよ。天使に手を引かれる絵画のような綺麗《きれい》なものじゃない。……ただの、殺人だ」

「………」

「君は、大切な人をどれだけ苦しめる気なの」

口調は依然として厳しかったけれど、その声には、以前の御堂から感じたような、底冷えするような冷淡さはなかった。

それでも隆二にとってはショックが強すぎたようで、身動きひとつ取れず、ただ呆然《ぼうぜん》と御堂を見ていた。

しかし、ずいぶん長い沈黙の後、ふいに隆二の目から大粒の涙が零《こぼ》れ落ちる。

「僕は、……間違ってるって、本当は、わかってたんです、けど」

「うん」

「諦め、られなくて。……本当は、自分が離れたくなかっただけなのに、……桃香が可哀想だから、一秒でも長く、傍にいてあげないとって、……全部桃香のせいにして、僕は……」

「……うん」

「余計に、彼女に苦しい思いを――」

語尾が途切れた瞬間、爽良はたまらない気持ちになって、隆二に寄り添い背中を撫《な》でた。

同時に、爽良の周りの空気がキンと冷え、部屋がぐらりと揺れる。

桃香の霊障だとすぐにわかったけれど、ただ、そのときの爽良に恐怖心はなかった。

爽良には、自責の念に駆られる隆二の気持ちが痛い程理解できたし、恐怖よりもむしろ、あのとき礼央がくれた甘いお菓子のような癒《いや》しを、少しでも与えてあげたいという思いの方が、ずっと上回っていた。

「……桃香さんが癒される方法は、ちゃんと、あるよ」

そう言うと、隆二が大きく瞳《ひとみ》を揺らす。

「それに、今二人でそんなに苦しまなくても、いつか、会えるから。……だから」

隆二の縋《すが》るような表情に触発されて、無意識に声が涙に滲《にじ》んだ。

「……あなたは、心配かけないように、……ちゃんと生きなきゃ、駄目だよ」

なんとかすべてを言い切ると、隆二はボロボロと涙を流しながら、ゆっくりと頷《うなず》く。

同時に、背後から礼央に腕を引かれた。

「……爽良、これ以上は危ないから」

そう言われてふと我に返ると、全身がすっかり冷えきっていて、爽良は改めて桃香の霊障の強さを実感する。

ただ、安易に近寄るべきでないという事情は礼央に関しても同じであり、爽良は慌てて礼央から離れた。――しかし。

「駄目だよ、礼央に憑《つ》いてる女性が――」

言葉が途切れたのは、言うまでもない。

隆二のことでいっぱいいっぱいでまったく気付かなかったけれど、礼央からは、約一ヶ月というもの毎日感じていた女性の気配が、綺麗になくなっていた。

「え……、なんで……」

礼央は呆然とする爽良を引き寄せ、小さく頷く。

「あの霊なら消えたよ。もう気が済んだみたい」

「気が済んだ、って」

「よくわかんないけど、仕事してたらいつの間にかいなくなってた」

「いつの、間にか……?」

礼央はまるで野良猫の話でもしているかのような言い方をするが、今まさに、生きた人間を連れて行こうとする桃香の恐ろしさを目の当たりにしたばかりの爽良には、なかなか理解が追いつかなかった。

二人の会話を聞きながら、御堂が笑い声を零す。

「上原くんはやっぱ、かなり特殊だよね。付き纏ってきた霊がなにもしてこず、それどころか自ら消えちゃうなんて」

「俺は別になにもしてないし」

「なにもしないのが、逆にいいんだよ。前に碧が言ってたけど、〝過剰に怖がらず、かといって干渉せず〟の具合が完璧《かんぺき》だったってことじゃない? まあ、上原くん自身、彼女をまったく心配してなかったみたいだしね」

確かに礼央は、霊に付き纏われていることに気付いていながら、「そのうちいなくなる」と話していた。

あのときはずいぶん悠長に感じたけれど、どうやらその言葉通りの結末を迎えたようだと、爽良は改めて理解する。

そして、御堂に「特殊」とまで言わせた礼央に、やはり自分とは違うとただただ感心していた。

かたや桃香の気配に関してはまだ不変であり、御堂はふたたび隆二に厳しい視線を向ける。

「まぁ、あくまで一般的には、こういうことになるものなんだけどね。……もう、いいでしょ？　彼女を連れて行っても」

その問いかけに、隆二は肩をビクッと震わせた。

それから、ゆっくりと御堂に視線を向ける。

「……桃香は、楽になるんでしょうか」

縋るような視線に、爽良の胸がぎゅっと締め付けられた。

「……今よりはね」

御堂は頷き、ポケットから藁人形《わらにんぎょう》と数珠《じゅず》を取り出す。

途端に桃香の気配が濃さを増し、部屋がぐらりと大きく揺れた。

しかし御堂はそれを気にも留めず、部屋をぐるりと見回すと、やがて部屋の隅に視線を定める。

「っ……」

同じ方向に視線を向けた爽良は、思わず息を呑んだ。

そこには、膝《ひざ》を抱えて座る桃香の姿があったからだ。

思えば、部屋の外では、隆二が身につけていたお札の効果か、その姿をはっきりと見ることはなかった。

けれど、久しぶりに目にした桃香は前と比べものにならないくらいに禍々《まがまが》しく、血走った目でまっすぐに御堂を睨《にら》んでいた。

その体はべったりと血で濡《ぬ》れ、錆《さ》びた鉄のような鼻を突く臭いが辺り一帯に漂っている。

あまりの怖ろしさに、爽良は身動きが取れなかった。

しかし御堂は動揺ひとつ見せることなく、爽良と礼央の方に視線を向け、廊下に出るよう促す。

「爽良、行こう」

「で、でも」

「大丈夫だって。あんな偉そうに言っておいてミスするわけないし」

礼央はそう言うが、御堂の力を何度も目の当たりにしている爽良にとって、心配なのはそこではなかった。

危険な目に遭いながらも桃香と過ごすことにこだわり、必死に葛藤《かっとう》を続けた隆二の心が壊れてしまわないかが、なにより気がかりだった。

とはいえ、今は御堂に任せる他なく、爽良は礼央に連れられるまま廊下に出る。

戸が閉められた瞬間、部屋の中での出来事がまるで嘘のように、辺りは平穏な空気に包まれた。

「……結界って、すごいんだね」

本当は、もっと話題にすべきことがいろいろあるはずだったけれど、まるで心が拒んでいるかのように、どれも言葉にならなかった。

礼央もまた、そんな爽良に合わせたのか、さっきまでの出来事をいっさい話題にすることなく頷く。

「そうだね。俺にもできたらいいのに」

「……できそう、普通に」

「そう？」

「女の人の霊も、あっさり消えちゃったし」

「まあ、俺には付け入る隙がないだろうから」

「隙……？」

「隙だよ」

明確な答えが返ってこず、爽良は首をかしげる。

すると、そのとき。

「――俺には爽良ちゃん以外が付け入る隙がないって？」

廊下の奥から、碧がニヤニヤしながら近寄ってきた。

その瞬間、礼央がいかにも面倒臭そうな表情を浮かべる。

「なにしに来たの、今頃」

「あれ？　否定しないんだ？」

「なにしに来たの、今頃」

「……ねえ、人の質問をなかったことにしないでよ」

「……で。なにしに――」

「もうわかったってば！……っていうか、今頃もなにも、こっちは吏から頼まれてるの！」

「なにを？」

「だから、桃香さんのことを。無念が相当膨れ上がった霊だけど、神上寺《じんじょうじ》でなんとかできないかって相談されて。……吏からすればさっさと消した方が早いんだろうけど、浮かばれるよう取り計らってほしいって言うから。ほら、そういう部類はウチの住職の得意技だし」

碧が語ったのは、少し意外な言葉だった。

桃香のことに関しては、御堂本人も「乱暴に消し飛ばそうなんて思ってない」と言っていたし、疑っていたわけではないけれど、まさか事前に碧に相談していたなんて、これまでの御堂からは考えられない。

「御堂さんが、そんなことを……」

「わかるよ、意外だよね。……で、さっき急に気配が荒れはじめたから、そろそろ頃合かなって」

「なるほど……。でも、碧さんに頼んだってことは、桃香さんの霊を、前みたいに碧さんの体の中に入れるってことですか……？」

「まさか。あんなのが入ってきたら私の体が持たないって。……なんかさ、父親から特別なお札を預かってるみたいだよ。この日のために」

「え、……御堂さんが、お父さんから？」

思わず驚いてしまったのも無理はなく、御堂はそもそも実家に近寄ることを嫌がり、父親に対してはどこか壁を作っている印象が強い。

碧もまた、感慨深げに首を縦に振る。

「ほんと、しつこいようだけど、丸くなったよね。傍《はた》から見ていても、あの人の中の歪《ゆが》んでたものが、どんどん整っていってる感じがするし。……まあ、キッカケは言うまでもなく、爽良ちゃんにお母さんの魂を見つけてもらったことなんだけど」

一瞬礼央が顔をしかめたけれど、爽良としては、もしそうならば嬉《うれ》しいと素直に思っていた。

そんな中、ふいに三〇三号室の戸が開き、中から御堂が顔を出す。

御堂は碧の姿を確認すると、お札を隙間なく巻きつけた藁人形を渡した。

「とりあえずこの中に閉じ込めてるけど、そう長くは持たないから、早めに寺に持って行って。で、それなりの容《い》れ物に移し替えて」

「はいはい。容れ物に関しては、神上寺の住職が〝三百年にわたって悪霊が宿ってた日本人形〟ってやつを用意してくれてるはずだから、多分大丈夫。……じゃ、さっさと行ってパパッと片付──」

碧はそう言いかけたものの、御堂の背後から隆二が顔を出した瞬間、慌てて言葉を止める。

碧は少し前に爽良が指摘してからというもの、自分の言葉の不謹慎さを自覚したらしく、軽い口調を隆二に聞かれてしまったことに焦ったのだろう。

しかし、隆二に気に留める様子はなく、すっかり憔悴《しょうすい》しきった様子で碧に深々と頭を下げた。

「桃香を、よろしくお願いします」

「あ、……えっと、それはもちろん」

「どうか、楽にしてやってください……」

「わかった。……けど、それはあなたもだよ。っていうか、一緒に行く？」

「え……？」

「別にいいよ。どうせ浮かばれるまで時間がかかりそうだし、居場所を知っておいた方がいいでしょ。……ほら、行くなら早く。のんびりしてたら藁人形が持たないから」

「は、はい……！」

隆二は突然の提案に驚いていたけれど、返事も待たずに階段の方へ向かっていく碧の後を、慌てて追いかけて行った。

その後ろ姿を見届けた後、御堂は改めて部屋の中を覗《のぞ》き込みながら、頭を抱える。

「にしても、彼があんまり舐《な》めたこと言うから、つい勢いで受け入れちゃったのはいいけど、……これは修繕が大変そうだ」

確かに、部屋の状態はあまりにも酷《ひど》い。

ただ、今さらながら、爽良には気付いたことがあった。

「でも、御堂さんはわかってたんでしょう？　部屋がこういうことになるって」

そう考えた理由は、言うまでもない。

御堂が隆二を受け入れると決めたときに、わざわざ壁紙の剝《は》がれた部屋を指定したことを、爽良は印象的に覚えていた。

「御堂さんは勢いなんて言ってますけど、今になって思えばすごい采配《さいはい》でしたね。そもそも急な相談だったのに、あの短い時間の中で、隆二くんのことだけじゃなく住人への影響とか、部屋の修繕の手間まで考えるなんて、すごいと思います」

「そんな、大層な……」

「優しいんだなって思いました。ちょっとわかりにくいですけど」

まっすぐに見上げてそう言う爽良に、御堂はさも居心地が悪そうに目を泳がせる。

「いや……、実際、よくあることだから。相手が悪霊だろうが一緒にいたいって考える人、たまにいるし。とはいえ、ここまでの惨事になるなんて、本当に思ってなかったんだよ。てっきり、壁紙の張り替えくらいで済むかと……」

「確かに、ボロボロですよね……。でも、今思うと、隆二くんがしょっちゅう散歩してたのは、部屋にいると彼女が暴れちゃうからだったんですね。いくら部屋に籠《こも》っていられないタチだっていっても、あんなに寒がりなのに後半は散歩ばかりしてましたし、さすがに変だなって」

「なるほど……」

「本人に直接持たせたお札の方が、効果が高いからね。だからこそ、散歩中は彼女も大人しかったんだろうし、彼もひと息つけてたのかも」

「にしても、窓ガラスにもヒビが入ってたよね……？　あれは特注だから取り寄せると一ヶ月かかるんだよな……」

「そ、そんなにですか……？」

「――柄にもなく面倒見ようとするからでしょ。自業自得」

ふいに割って入った礼央からの冷静な指摘で、御堂は苦笑いを浮かべた。

ただ、きつめな苦言を呈されているというのに、御堂の表情は褒められているときよりもむしろ自然で、この人も案外不器用なのかもしれないと爽良は思う。

現に、不満げな礼央に向き合った御堂は、水を得た魚のようにいきいきとしていた。

「柄にもないは言い過ぎでしょ。俺はいつだって面倒見がいい男だよ」

「そういうの、普通は自分で言わないんだよ。だいたい、感情に流されすぎなんじゃないの。年甲斐《としがい》もなく」

「そりゃ、君に比べりゃ誰だって……ってか、そういえば君の部屋は大丈夫なの？　君とは賃貸契約交わしてるんだから、破損してたら実費だよ？」

「俺はそういう間抜けなミスしないから」

「……腹立つけど、説得力があるんだよな」

「とにかく、この件の後処理はあんたがやるんだよね？……爽良、行こう」

「えっ……、でも」

「いいから」

なかば強引に腕を引かれながら、爽良は階段の方へと向かう。

戸惑いながらも振り返ると、御堂は爽良に向けてひらひらと手を振っていた。

その表情はずいぶん清々《すがすが》しく、この約一ヶ月というもの、御堂がいかに気を揉《も》んでいたかを顕著に表していた。

やがて礼央はその勢いのまま裏庭に出ると、ガーデンまで歩いてようやく立ち止まり、爽良に椅子を勧める。

日はもう落ちかけていたけれど、礼央が近くにいることがなんだか懐かしく、寒さすら気にならなかった。

「二人でここに来るの、久しぶりだね」

浮かんだままを口にすると、礼央も小さく頷《うなず》く。

「本当に。お陰で、仕事の方は自分でも引く程捗《はかど》ったけど」

「そ、そんなに？……でも、本当に大丈夫だったの？」

「なにが？」

「その……、相手は一応霊なわけだし、隆二くんの部屋を見た後だと、なんか不安で……」

「ああ、それは全然。まあ、たまに無念を訴えてくることもあったけど、俺、同情しないから。結果、なにごともなく消えたし」

「礼央のそういうとこ、本当にすごいよね。だって、なに言っても無理だって、霊の方が諦《あきら》めちゃうってことでしょ？……なんか、祓《はら》うより逆に難しそう」

それは素直な感想だったけれど、礼央はやや不満げに眉《まゆ》を顰《ひそ》めた。

「……冷たいって言ってる？」

「そ、そういうわけじゃ……。でも、なにもできないってわかってるなら、下手に優しくするよりずっといい気がする。私はつい、余計なことをしてしまうし……」

「余計って言うけど、その心理は俺もわかってるつもりだよ。そこが、爽良のいいところでもあるし。ただ、俺は同情しないって決めてる。霊は昔から、爽良を苦しめる存在でしかなかったから」

「礼央……」

「無害な霊がたくさんいることもわかってるし、爽良が助けたいって言うなら止めないけどね。ただ、単純に、基本はそうだって話。俺も結局、考え方は御堂さん寄りなのかも。あまり認めたくないけど」

その話を聞きながら、爽良は改めて実感していた。

霊にほだされない礼央の根幹部分が形成されるまでに、自分の存在がかなりの影響を及ぼしていたのだと。

庄之助の遺言によって鳳銘館に導かれ、御堂という理解者に出会い、孤独を感じることのない生きやすい環境を手に入れたと思っていたけれど、礼央とこうして話すことで、過去の自分も十分に助けられていたと毎回思い知らされる。

「とにかく、俺は爽良の味方だから」

ふいに付け加えられた言葉に、なんだか胸が詰まった。

やたらと心が動く理由は、久しぶりにゆっくり話をしているせいだけだろうかと、爽良は密《ひそ》かに思う。

「……ありがとう」

もっと言うべきことはたくさんあるはずなのに、目を細めて笑う礼央の表情を見ていると、これで十分な気がした。

たいした言葉を交わさなくとも、ほとんどのことを汲《く》んでくれるこの心地よい感覚は、礼央の傍以外ではまず得られない。

途端に気持ちが緩み、爽良は背もたれにぐったりと背中を預ける。――しかし。

「で、爽良が霊に嫉妬《しっと》してたって本当？」

まさかの問いかけに、爽良はふたたびガバッと体を起こした。

「は……？」

「碧さんが言ってた。ずいぶんと楽しそうに」

「………」

「いや、真に受けてないから」

「………」

「真に受けてないって」

つい過剰な反応をしてしまった理由は、碧があのときしつこく揶揄《やゆ》した〝嫉妬〟という表現が、ずっと心に留《とど》まったままだったからだ。

むしろ、礼央と顔を合わせることのない日々が過ぎていくごとに、それは心の中でみるみる膨らみ、今や、嫉妬は言い過ぎにしても、ある種の独占欲であると認めるまでに至っている。

しかし、だとすれば あまりにも大人気がないと、爽良はなるべくそこには向き合わないようにしてきた。――のに。

まさか礼央から話題に出してくるとは思いもせず、爽良は酷《ひど》く動揺していた。

もちろん、こんな不自然な反応をすれば、肯定と理解されても文句は言えないとわかっている。

けれど、自分ではどうすることもできなかった。

一方、礼央はそれ以上追及することなく、ただまっすぐに爽良を見つめる。――そして。

「とにかく」

「は、はい」

「今日はもう戻ろう。でも、やっと解放されたことだし、近々気晴らしに付き合ってもらっていい？」

なにごともなかったかのようにそう言うと、椅子から立ち上がって爽良に手を差し出した。

「……わかった」

爽良は頷き、礼央の手を取る。

「にしても、ようやく鳳銘館が静かになるね」

「そう、……だね」

まだしっかりと動揺を引きずっていたけれど、礼央の手から伝わる優しい体温に触れた瞬間、気持ちが少しずつ落ち着いていくような心地を覚えた。

まるで、自分の居場所に戻ってきたかのような。


後日。

部屋の荷物をまとめ終えた隆二は、玄関先まで見送りに出た爽良たちに、前よりややすっきりした笑みを浮かべた。

「本当に、ご迷惑をおかけしました」

深々と頭を下げる隆二に、爽良は首を横に振る。

「ううん。むしろ、隆二くんの望みと違う結末になってしまってごめんね。期待させたのに……」

「そんな！……正直、僕は少しほっとしてるんです」

「え……？」

「神上寺で、人形の中に収まった桃香に手を合わせたんですけど……、空気がすごく穏やかだったというか。……僕と一緒に過ごした一ヶ月間は常に苦しんでる感じがしていたけど、これからは落ち着いて過ごせるのかなって」

「そっか。……だったら、よかった」

「はい。桃香が苦しまずにいられるなら、それが一番です。たとえ、傍にいられなくても」

それはまるで、自分に言い聞かせているかのような口調だった。

おそらく、御堂が口にしていた「彼女の方が、何十倍も苦しいはず」という言葉が、よほど心に刺さったのだろう。

ただ、わずかに瞳《ひとみ》を揺らす様子が、寂しさを物語っていた。

「前にも言ったけど、桃香さんとはまた会えるからね。気休めじゃなくて、本当に」

「はい。気休めだなんて思いません。僕は、ここに住んでる方の言葉を疑ったりできませんし」

「そう？……だけど、あまり囚《とら》われずに自分の人生を生きて。きっと、桃香さんもそれを望んでると思うから」

「それは、……今はまだ無理そうですけど、いつかは」

「うん、いつかで大丈夫」

爽良が頷《うなず》くと、隆二は穏やかな笑みを浮かべる。

そして、少し名残惜しそうに玄関を出ていった。

「じゃあ僕、行きますね」

「またいつでも遊びにおいで」

「はい、ぜひ」

やがて扉が閉まると、背後から様子を見ていた御堂が肩をすくめる。

「遊びに来るのは別にいいけど、もうやばい奴を連れてこないでほしいよね」

「そんな意地悪なこと言わないでください……」

「いなくなってから言っただけマシだよ」

「それは、そうですが」

「ともかく、……誰かさんのストーカーみたいな霊も含め、妙な気配が一気に減ってひと安心」

御堂はそう言うと、同じく見送りに来ていた礼央にチラリと視線を向け、それから階段を上がっていった。

爽良はやれやれと思いながらも、ひと安心という御堂の言葉に心底共感していた。

これで、しばらくは気を揉《も》む必要がなさそうだと。

――しかし。

「あれ……？」

そのとき、突如ふわりとスワローが姿を現し、爽良と一瞬目を合わせたかと思うと、西側の廊下の方へ消えていく。

その意味深な行動に、爽良はたちまち胸騒ぎを覚えた。

「スワロー……？」

爽良が後を追うと、スワローは談話室の前で立ち止まり、振り返って爽良と目を合わせ、すぐにスッと姿を消す。

そのとき、――ほんの一瞬、覚えのある気配の存在を感じた。

それは、小さくも妙に印象的で、少なくとも、そこらに彷徨《さまよ》っている浮遊霊たちとは放つ存在感がまったく違っている。

さらに、この状況は前にスワローが現れたときとまったく同じであり、やはりあの気配にはなにか意味があるのだと、爽良は密《ひそ》かに確信していた。

ただ、肝心の気配はすでにどこにもなく、爽良は辺りを捜しながら談話室に足を踏み入れ、続けてキッチンのカウンターへと向かう。

「爽良？」

後を追ってきた礼央が、そんな爽良の様子に怪訝《けげん》な表情を浮かべた。

ただ、礼央には、気配に気付いているような様子はない。

「礼央……、今、不思議な気配が……」

「不思議な気配？」

「うん。何度か似たようなことがあって、全部同じ気配だと思う。最初はキッチンで鍵《かぎ》付《つ》きの引き出しを開けた後で……っていうか、あれって礼央に付き纏《まと》ってた女性の気配だと思ってたけど、違っ――」

最後まで言い終えないうちに、突如、爽良の鼻をふわりとなにかの香りが掠《かす》めた。

咄嗟《とっさ》に香りの元を探したものの、それはすぐに消えてしまい、爽良は呆然《ぼうぜん》と立ち尽くす。

「なんだろう、今の香り……」

「香り？」

「香ばしいっていうか、食べ物みたいな……」

「全然気付かなかったけど。……てか、順を追って話して」

さすがになにかあると思ったのだろう、礼央は真剣な表情を浮かべ、爽良に説明を求めた。

その途端に思い出したのは、この件に関して、それこそ鍵の合う引き出しを見つけたときのことも含め、礼央にはまったく報告できていないという事実。

というよりも、相談しようと思った矢先に礼央に女性の霊が付き纏いはじめ、その直後には隆二が桃香を連れて現れ——と、あまりにもゴタゴタしたせいで、それどころではなかった。

「えっと……、まず、鍵が合う引き出しを、キッチンのカウンターで見つけて」

「裏庭で見つけた鍵の？　そんな身近なところにあったの？」

「うん。そもそもキッチンは、数年前まで美代子さんっていう女性が管理してたんだって。その美代子さんはもう亡くなっていて、でもその後も御堂さんはキッチン周りにはほとんど触れず、鍵付きの引き出しがあること自体知らなかったみたい。……それで、先にちょっと見てほしいんだけど……」

爽良はそう言うと、カウンターの奥へ進み、例の引き出しを開錠して開ける。

中身は前と変わらずすべてが真っ黒に焼け焦げていて、礼央はそれを目にするやいなや険しい表情を浮かべた。

「なに、これ。どういう現象？」

「開けたら、すでにこうなってたの。御堂さんいわく、引き出しの中で燃やされてるような形跡があるから、普通の人には到底無理だって。……確かに。引き出しの外にはなんの影響もないし、不自然だもんね」

「……なるほど」

「それで、御堂さんは、レシピ探しは断念せざるを得ないって言っていて。……ただ、これと関係あるかわからないけど、それ以降、この辺りで小さな気配を感じることがあったんだよね……。さっきスワローが現れたときもだから、ここ一ヶ月ちょっとで、三回も」

「俺はなにも感じなかったから、また、守護霊みたいな小さな気配なのかもね。……ただ、それが関係あるかどうかは置いておいて、俺は、この引き出しの中の異常な現象の方がよっぽど気になるんだけど」

「そう、だよね……。でも、一緒に探してくれた御堂さんは、あまり追求する気がなさそうっていうか、さほど気に留めてなくて……」

「気に留めてない？　これを？……鳳銘館の維持に命かけてるような、あの人が？」

「た、……多分」

そう言われると、確かに奇妙だと爽良は思う。

御堂はあの日、キッチンに関して自分はノータッチだったと話していたけれど、だとしても、こんなものを目にしておいて看過できるものだろうかと。

礼央もまた、引き出しの中の煤《すす》に指で触れながら、眉《まゆ》を顰《ひそ》めた。

「金属っぽいものが溶けてる。とんでもない火力で焼かれてるけど、こんなやばいもの見て警戒しないなんてことある？」

「確かに、おかしい気がしてきた……。私、レシピのことばっかりで全然頭が働いてなかったから……」

「というより、御堂さんの平然とした態度に釣られたんだと思う。多分、爽良の気を逸《そ》らすためにあえてそうしたんだろうけど」

「あえてって、なんのためにそんな……」

「理由はひとつしかないよ。爽良が関わるべきじゃない案件だっていう判断をしたからでしょ」

「でもこれ、庄之助さんが遺《のこ》した鍵なのに……？」

「だとしても。俺に言わせれば、御堂さんはこんなことをした犯人に心当たりがあるんだと思う」

「…………」

まさかの言葉に思わず黙り込んだものの、爽良は内心、礼央の意見に強い納得感を覚えていた。

それと同時に、どうしてこれまでそこを疑わずにいられたのだろうと、自分の能天気さに呆《あき》れてもいた。

「とにかく、本人から直接聞こう。その方が早いし」

礼央はそう言うと、引き出しを閉じ、爽良の背中を押してキッチンを後にする。

談話室から出る寸前、——ふたたび、さっきの香りが漂った気がした。

第二章

　中身が焼け焦げた引き出しのことを礼央に話した後、御堂の話を聞くため部屋を訪ねたものの、留守だった。

　隣の部屋に住む碧いわく、隆二を見送った後、ずいぶんバタバタした様子で出かけて行ったという。

　行き先は、実家の善珠院《ぜんじゅいん》。

　御堂は桃香を藁人形《わらにんぎょう》に封印するために父親の力を借りているし、さしずめ結果の報告でもしに行ったのだろうと碧は話した。

　とくに違和感のない話ではあるが、爽良からすれば、なんとなく逃げられたような気がしてならなかった。

　というのは、普段の御堂なら、まだ鳳銘館での仕事が残る午前に出かける場合は、必ず爽良に報告をくれるからだ。

　なのに、報告どころか、爽良たちは玄関から程近い談話室にいたにも拘《かかわ》らず、扉が開く音にまったく気付かなかった。

「──絶対、こっそり出て行ったでしょ、あの人」

駅前のカフェでランチを食べながら、礼央はそう呟《つぶや》く。

わざわざ場所を移動した理由は、礼央が昨日言っていた〝気晴らしに付き合って〟という要望を叶《かな》えるため。

ただ、話題はもっぱら引き出しや御堂のことであり、これではとても気晴らしにならないだろうと思いつつ、爽良は曖昧《あいまい》に頷《うなず》く。

「そんな気がするよね……。だけど、同じアパートに住んでるんだから、いつまでも逃げ続けられるわけじゃないし、あまり意味なくない……？」

「時間稼ぎしてるのかも。その間に、あの引き出しのことを忘れさせるためのそれっぽい説明を考えてるとか」

「そんなに往生際悪いことする……？」

「よっぽど触れたくない案件なら、少しでも悪あがきするんじゃない」

「よっぽど触れたくない案件……」

礼央の言葉を繰り返しながら、爽良は頭を抱える。

もし御堂が本気で触れたくないと思っていた場合、下手に問い詰めることで、せっかく近くなった距離感が、また遠ざかってしまうのではないかと思ったからだ。

今の御堂は、ずいぶん気を許してくれているように見えるけれど、爽良には正直、どこまでの介入が許されるのかまったくわからない。

つい考え込んでいると、礼央が小さく瞳《ひとみ》を揺らした。

「いや、やめよう、あの人の話」

「うん？」

「ってかさ、これって食べられるの？」

礼央は唐突に話題を変えたかと思うと、ランチの皿に残ったローズマリーをフォークの先で弄《もてあそ》ぶ。

「ローズマリー……？」

「あ、やっぱ裏庭に生えてたやつと同じだよね。たまにこうやって茎ごと添えられてるけど、食べられるのかなって」

「茎ごと添えてるやつは、調理に使った後、彩りのために残してるだけじゃないかな。ハーブだし、食べられないってことはないと思うけど」

「そっか。じゃ、試しに食べてみよっかな」

「ま、待って。私はあまり詳しくないから、検索してみる」

爽良は携帯を取り出し、早速ローズマリーを検索した。

そして、『ローズマリーのさまざまな利用方法』といういかにもわかりやすそうな見出しを選んで記事を開き、上から読み上げる
「ローズマリーは、主に肉や魚などを調理する際の臭み取りや香り付けの目的で使われ、生食は可能ですが主に茎に苦味や渋みがあり、おすすめしません、だって。でも、乾燥

させたローズマリーの葉は、ホールもしくは粉末にして、パンやマフィンなどに練り込んで使われることが多く……って書いてあるよ」

「そういえば、たまにそういうパン見るかも。主に、意識高い系のパン屋で」

「ちょっとわかる気がする」

「まあ、香り付け云々《うんぬん》はともかく、食材としてはそんなにメジャーじゃなさそう。あまり料理しない人間からすれば、使うタイミングがわからないし」

「それは、私も。……そういえば、鳳銘館のキッチンの管理をしてた美代子さんは、フランスやイタリアで料理の修業をしてたとか……」

「それ、プロじゃん。じゃあ、裏庭のローズマリーは美代子さんが植えたっぽいね」

「私もそう思った……けど」

「うん？」

「どうして、裏庭なんだろう。……しかも、一番奥だし。さすがにちょっと不便じゃないかな」

それは、裏庭でローズマリー畑を見つけてからというもの、密《ひそ》かに気になっている疑問だった。

鳳銘館には広い庭があるのに、わざわざあんな奥まった場所に植える必要があるだろうかと。

ただ、すでに亡くなっている美代子に、その理由を尋ねることはできない。

ふたたび考え込んでしまった爽良に、礼央が小さく笑い声を零《こぼ》した。

「……やっぱり、この件を解決しないとスッキリしないね」

「え……？」

「小さい謎がどんどん増えて、なんか気持ち悪いし。……気晴らしは、その後にしよう」

「ご、ごめん、ついこの話ばっかり……！」

「そういう意味じゃないよ。俺も引き出しのことが結構気になってるから。幸い、仕事はずいぶん前倒しできてるし、本腰を入れて調べようよ」

礼央はそう言うと、残りのコーヒーを飲み干し、席を立つ。

気を遣ってくれたのだとわかってはいたけれど、ただ、爽良にとっても膨らむばかりの謎が気になって仕方なく、本腰を入れるという礼央の言葉には正直心強さを感じていた。

爽良たちは店を出ると、鳳銘館に続く坂道を上る。

そして、帰り着くやいなや、早速キッチンへ向かった。

「まずは、もう一度念入りに引き出しの中を調べよう」

礼央の提案に、爽良は勢いよく頷く。

本音を言えば、もし御堂がこの件に爽良を関わらせたくないのならば、その意向に従うべきではないかという迷いも、ないわけではなかった。

ただ、それでも止めない理由は、ただ知りたいという単純な好奇心では決してなく、これは庄之助から託されたものだという気概があるからだ。

爽良にとって、こうして託されたものを追い求めている時間だけは、自分にかけがえのない居場所をくれた庄之助と、心が繋《つな》がっていられるような気がした。

爽良は早速引き出しを開けると、注意深く中身を取り出し、床に敷いたビニールシートの上に広げていく。

「――これ、元はなんだったんだろ。すっかり溶けちゃって……」

中から次々と出てくるのは、おそらく元は食器だったと思《おぼ》しきいくつかの陶器や磁器や、表面が溶けて原形を止《とど》めない、歪《いびつ》な金属。

中には比較的ダメージが少ないものもあったけれど、それ以外の多くは炭と化していて、注意深く触れないと崩れ落ちてしまいそうな程に焼き尽くされていた。

「何度見ても異常だよね。この炭化してない金属は銀っぽいけど、銀を溶かすには千度くらい必要だし、かなり本格的な焼却設備でないとこうはならないよ」

礼央はひとつひとつを丁寧に確認しながら、シートの上に並べていく。

ただ、すべてを出し終えたものの、特別引っかかるようなものは見当たらなかった。

「他の引き出しの中身と、あまり変わりないような気がするんだけど……」

爽良はそう言いながら、同じ並びの一番上の引き出しを開ける。

中は前と変わりなく、銀製品と思しきカトラリーがずらりと並んでいた。

「下と全然違うじゃん。こっちはかなり大事に保管されてる」

「私もそう思った。多分、高価なものなんじゃないかな」

そう言うと、礼央は続けて二段目三段目と引き出しを開け、中を確認する。

そして、――ふと、眉根《まゆね》を寄せた。

「なんか、変じゃない？」

「変？」

「四段目だけ、ジャンル分けされてないっていうか。ほら、上段の引き出しはそれぞれ、カトラリー、テーブル用品、調理用具……って分けられてるのに、四段目だけめちゃくちゃに詰め込んだ感がある」

「そう言われると……」

確かに不自然だと、爽良は改めて、シートの上に広げたものを端から眺める。

その中で、元がなんだったかわかるものとしては、大きさの違ういくつかの食器や磁器に、形の違うカトラリーが一本ずつ。

すべて種類が違っていて、同じものはひとつも確認できなかった。

「なんだか……、一人分の食器が一式揃ってるような感じ」

「俺もそう思う。考えられるとすれば、美代子さんが、自分が使うぶんだけ別に仕舞ってた、とか」

「自分のだけ、わざわざ……？」

「作る側の人って、自分のぶんは適当に済ませがちな傾向ない？　俺の父さんも昔からいろんな料理を作ってくれたけど、当の本人は鍋《なべ》から直接食べてたし。それが一般的かどうかはわからないけど」

その話を聞き、爽良はふと実家の母のことを思い返す。

母は料理好きで食器や盛り付けにも凝るタイプだったけれど、確かに、自分が食べるぶんに関しては、凝るどころかワンプレートにしているときすらあったと。

「……あり得るかも。高価な食器ならなおさら、洗うのも気を遣いそうだし……、自分のは別のでいいやって思ったのかも。……けど、もしこれが美代子さんの食器だとして、誰かがこんなふうにしちゃったんだとしたら……」

「とんでもない恨みを感じるよね」

「…………」

「いや、今はまだ全部想像だから。それに、ここまでの恨みを買うような人に庄之助さんがキッチンを任せてたとは思えないし」

思わず硬直した爽良を、礼央はそう言って宥《なだ》める。

ひとまず納得した爽良は、ほっと息をついた、――けれど。

「……うわ」

空になった引き出しの煤《すす》を軍手でかき集めていた礼央が、突如、意味深な声を零《こぼ》す。

驚いて視線を向けると、礼央は一度爽良と目を合わせ、それから軍手で引き出しの底をそっと擦《こす》った。――瞬間、煤の下から綺麗《きれい》な木目が露《あら》わになった。

「え、……なにこれ。……引き出しの内側なのにまったくの無傷ってこと……？」

「だね。木製なのにかなり不気味。これでまた、〝普通の人には無理〟っていう言葉の信憑性《しんぴょうせい》が上がったわ」

「むしろ、こんなことができる人なんて存在するの……？」

「するんじゃない？　まあ、常識外れなことならここで散々見てきたから、今さら驚かないけど。……あ」

「え……？」

「今、引き出しの奥でカサッて音がした」

礼央は戸惑う爽良を他所《よそ》に、引き出しの手前を持ち上げて一気に引き抜く。

すると、向板《むこういた》の外側に、紙に包まれたなにかが貼り付けられていた。

途端に、爽良はなんだか嫌な予感を覚える。

なぜなら、その長方形の形や大きさから、明確に思い当たるものがあったからだ。

礼央も同じことを考えていたのだろう、表情にわずかな緊張を滲《にじ》ませ、それを向板から剝《は》がし取る。

そして、外側の紙をゆっくりと開いた、そのとき。

「……お札だね」

中から出てきたのは、これまでにも何度か目にしてきたお札だった。

「やっぱり……。ってことは、引き出しの中を燃やすのに、このお札を使ってなにかしたってこと？」

「わかんないけど、そうっぽいよね。ただ、そこらの霊能力者じゃ無理でしょ。こんな、手品みたいな芸当」

「……だけど」

「そう。奇《く》しくも結構いるんだよ。鳳銘館の関係者には」

礼央が言ったように、鳳銘館に出入りが可能であり、こういうお札や奇妙な術を扱うとなると、爽良にも思い当たる人物が何名か存在する。

「えっと……、御堂さんや碧さんはもちろん、庄之助さんや、御堂さんのお父さんや、御堂家の親戚《しんせき》だっていう神上寺の住職とかもだよね……？　そうだ、過去の住人の中にもいたかもしれないから、後で一応名簿を……」

「──依《より》さんもでしょ」

礼央のひと言で、爽良の心臓がドクンと大きく鼓動を鳴らした。

それも無理はなく、依という人間は、人の魂を道具として扱い、それを少しも悪いことだと思っていない、爽良にとってもっとも理解し難く怖ろしい存在だからだ。

正直に言えば、鳳銘館に関係する霊能力者と聞いたときに、真っ先に思いついたのは依だった。

けれど、そうであってほしくないという現実逃避から、爽良にはその名を口にすることができなかった。

わかりやすく動揺しはじめた爽良に、礼央が瞳《ひとみ》を揺らす。

「爽良、……この件を調べるのは、もうやめない？　レシピなんて、別にどうでもいいじゃん」

おそらく爽良の不安を察したのだろう、礼央はそう言って肩にそっと触れた。

いっそ頷《うなず》いてしまいたいと、爽良は思う。

依はそもそも爽良の存在を面白がっているし、関わったが最後、また残酷なことに巻き込まれかねないからだ。

けれど、そんな心境でもなお、やはり庄之助のことを考えると、やめようという気持ちになれなかった。

「でも、まだ依さんって決まったわけじゃないし……」

爽良は礼央を見上げ、心配かけないようにと無理やり笑みを浮かべた。

しかし、そのとき。

「いや、――依だよ」

ふいに背後から声をかけられ、慌てて振り返ると、そこには神妙な表情を浮かべて立つ御堂の姿があった。

御堂は、爽良たちがビニールシートに広げた真っ黒の食器を一通り眺めた後、困ったように溜《た》め息をつく。

「ある程度予想はしてたけどさ……、やっぱ、この引き出しのことが気になっちゃったんだね」

口調はずいぶん軽く、礼央が珍しく苛立《いらだ》ちを露わに御堂を睨《にら》んだ。

「こんなもの見たら、普通は気になるでしょ」

「まあ、そうか……」

「あんたは爽良の気を逸《そ》らしたつもりだろうけど、さすがに無理があるから」

「そう？　案外うまく逸らせたと思ってたけどなぁ。上原くんが蒸し返したんじゃないの？」

「そ、それより、依さんって……！」

爽良は今にも激化しそうな二人の応酬に強引に割り込み、御堂にそう尋ねる。

すると、御堂はゆっくりと頷き、礼央の手からお札をするりと抜き取った。

「これは、依が使ってるやつだよ。本当は、引き出しの惨状を見た時点で誰の仕業かすぐにわかったんだけど、……言わなかったんだ」

「それは、私に、関わらせたくないからですか？」

「それもある。……けど、なにより俺が関わりたくないんだよ。正直、これに関しては目的がさっぱりわからないし」

「関わりたくないって、……妹さん、なのに」

「血縁なんて関係ないでしょ。あいつはもう、俺の手に負えない。それに、俺には鳳銘館を守る義務があるから、変に関わって巻き込まれたくないしね」

「そう、ですか……」

「……と、思ってたんだけど。……でも、この引き出しは、庄之助さんが爽良ちゃんに残した鍵《かぎ》で開いたわけだしさ。関わることが庄之助さんの遺志なら……っていう気持ちも、ちょっとはあって」

御堂が語ったのは、爽良の心にあるものと共通する思いだった。

御堂にとっても、庄之助の遺志を無視するのは心が咎《とが》めるのだろう。

なにせ、御堂の母親の魂を見つけるに至ったキッカケも、庄之助が爽良に残した、「大切なものを見つけてほしい」という手紙にあった。

「だから、まあ正直しばらく逃げようかとも思ったけど、戻ることにした」

「御堂さん……」

「……んだけど、まさか中身を全部出してるとは」

御堂はそう言うと、ビニールシートの前に膝《ひざ》をつき、真っ黒の食器をひとつ手に取って眉根《まゆね》を寄せた。

「す、すみません、勝手に」

「いや、……にしても、原形がまったくないね。少しくらい見覚えのある部分が残ってるかと思ったけど……」

「あ、そっか……。御堂さんは美代子さんの料理を食べてた当事者ですもんね」

「うん。週末の昼は、ほとんど」

頷く御堂を見て、爽良はふと、気になっていたことを思い出す。

「あの、ちなみに美代子さんって、自分だけ別の食器を使ってたりしました……？」

それは、引き出しの中のものが、美代子専用のものであったかどうかを知るための質問だった。

しかし、御堂はとくに悩みもせず、首を横に振る。

「いや……、そんな記憶はないけど」

「そうなんですか？　じゃあ、皆と同じ食器を……？」

「そのはずだけど。……っていうのは、美代子さんは最初の頃、自分のぶんは作らずに俺らのぶんだけ用意していて。でも、庄之助さんが『せっかく本格的な料理なんだから、きちんとセッティングして皆で囲もう』って言い出したんだ。だから、いつも一緒に食べてたし、同じ食器を使ってたと思う」

「そう、ですか……」

予想がひとつ崩れたものの、それと同時に、引き出しの惨状が美代子への恨みという説も一旦《いったん》薄まり、爽良ほっと息をつく。

しかし、そのとき。

「……ところで、このカトラリーって元は四セットあったっぽいよね」

礼央がふと、カトラリーが収納されている一番上の引き出しを見てそう呟《つぶや》き、爽良は重要なことを思い出した。

「そういえば、私も前に同じことを……」

それは、初めて引き出しを開けた日に覚えた小さな疑問。

爽良はあの日、整然と並べられたカトラリーを眺めながら、等間隔に空いた隙間に違和感を覚えた。

ここには、もう一本ずつ入っていたのではないかと。

あのときはそこまで気に留めることなく、その後すぐに不思議な気配を感じたせいですっかり忘れていたけれど、もし本当に元が四セットだったとするなら、四段目の引き出しで燃やされた物の中には、ここにない一セットが含まれている可能性が出てくる。

爽良は咄嗟《とっさ》に、ビニールシートの上に並べられた、元はカトラリーだったと思《おぼ》しき金属の塊に視線を向けた。

いくら見たところでもう照合しようがないけれど、ただ、もしそうだったと仮定した場合は、ひとつ疑問がある。

「でも、ここで一緒に食事をしてたのは、御堂さんと庄之助さんと美代子さんの三人ですよね。なのに、四セットも……？」

それは、ここに住んでもいない美代子が、わざわざ使わない人数分の食器を持ち込むだろうかというごく素朴な疑問だった。

すると、御堂がふいに、わかりやすく瞳を揺らす。

「御堂さん……？」

「いや……」

首を横に振ってはいるが、その声も表情も明らかに含みがあり、爽良は視線で続きを促した。

すると、御堂は観念したのか小さく息をつく。

「実は、……依も」

「依さん……？」

「うん。依も食べてたんだ。美代子さんが作った食事を」

「え、依さんが、ここで一緒に……？」

御堂と依の関係性を知る爽良としては、とても信じられない話だった。

目を見開く爽良に、御堂は慌てた様子で首を横に振る。

「いや、違う違う、一緒ではない……んだけど、美代子さんが依をこっそり招き入れていて」

「こっそり、というのは……」

「依はあの頃から魂をおもちゃのように扱っていたし、魂が集まってくる鳳銘館をまるで狩り場のように考えていたから、当時から鳳銘館への出入りを禁止にしてたんだけど、……それでも勝手に侵入して、しかもいつの間にか美代子さんと接触して、仲良くなってたみたい。で、美代子さんは食事を作ってやってたんだってさ」

「その言い方だと、御堂さんは知らなかったんですか？」

「庄之助さんは気付いてたみたいだけど、俺が知ったのは美代子さんが亡くなった後だよ。まあ庄之助さんのことだから、美代子さんを信用して依のことを託していたんだろうし、でも、俺が知ればどんな手を使ってでも追い出しただろうからね」

「庄之助さんは、黙認してたんですね……」

「そういうこと。美代子さんは娘を亡くして深い傷を負っているし、そんな美代子さんと一緒に過ごしていれば、さすがの依も魂をおもちゃにできないだろうって考えたんじゃないかな。残念ながら、結局依に変化はなかったわけだけど」

「なるほど……」

御堂のお陰で過去のことを少し知れたものの、心の中は複雑だった。

こっそり食事を作っていたという話は微笑ましくもあるが、無惨に焼かれた食器を見てしまうと、どうしても不穏な末路を想像してしまう。

空気が重く沈み、部屋を沈黙が包んだ。

そんな中、ふいに礼央が口を開く。

「で、四セットあった理由はわかったけど、結局、一セット燃やした理由は謎のままだね。全部同じ食器なら誰のってこともないんだろうし、余計不気味なんだけど」

確かにその通りだと、爽良は思った。

特定の誰かに対する恨みでない可能性は上がったけれど、なおさら理由が想像つかない。

一方、御堂は礼央の言葉に小さく首をかしげた。

「誰のっていうより、一つはもう要らないって意味じゃないかな。いつ燃やされたかはわからないけど、美代子さんが亡くなった後だとすれば、あり得るでしょ」

「こっそり匿《かくま》った上にご飯まで作ってあげてたのに？　容赦ないね、あんたの妹」

「いや、必ずしも悪い意味とは限らないよ？　もしかすると、依なりの弔いかもしれないし。気に入っていた食器と一緒に送ってやろう、的な。……ないか、あいつにそんな情緒」

「……ないんだ」

「まぁ散々言っておいてなんだけど、俺には依がなにを考えてるかなんて、昔からまったく理解できないんだよ」

御堂はそう言って自嘲《じちょう》気味に笑う。

その表情を見る限り、御堂たち兄妹《きょうだい》の複雑な関係性は、想像していた以上に根深いらしいと爽良は思った。

爽良が以前、新宿《しんじゅく》の喫茶店で御堂たち兄妹と同席したときには、とくに二人が憎み合っているような印象は受けなかったけれど、今になって思えば、御堂はもはや理解すること自体を諦《あきら》めていたのだとも考えられる。

爽良としても、家族だからといって必ずしも理解し合う必要はないと思っているし、そこを否定するつもりもない。

けれど。

「さっきから、関わりたくないとか理解できないとか言ってるけど、今回の庄之助さんからの伝言には、明らかに依さんも関連してるよ。いいの？」

まさに、礼央が言った通りだった。

庄之助が残した鍵《かぎ》が合う引き出しから、依が燃やしたと思しき食器が出てきたのだから、依が無関係だと考えるのは無理がある。

すると、御堂はかなり不本意そうではあるものの、頷《うなず》いてみせた。

「わかってるよ。それも覚悟の上で戻ってきたわけだし。……それに、依のことは一旦置いておいたとしても、もし美代子さんが関係してるんだとしたら気になるし、放っておけない」

「関係って……、御堂さんはもしかして、美代子さんがまだ浮かばれてないんじゃないかって思ってますか……？」

「いや、彼女は不自然な死に方をしたわけじゃないから、そんなこと考えもしなかったけど、……庄之助さんが気にかけてるなら、万が一の可能性を潰《つぶ》す意味でも確認しておきたいなって」

「……なるほど」

「とはいえ、現状あまりにも手がかりが少なすぎるから、動きようがないんだけど。ひとまず、頭に置いておく感じでゆっくり進めようか」

「それしかないですね……」

「爽良ちゃんには念の為に言っておくけど、碧を介して依に会おうなんて考えないでね。会っても事実を話すわけがないし、逆に利用されるだけだから」

「わ、わかってます」

慌てて頷きながらも、爽良は内心ドキッとしていた。

いっそ、依から直接話を聞くことができれば、一番てっとり早いのにという思いがあったからだ。

ただし、それはあくまでひとつの手段としての話であり、爽良としても、上手《うま》くいくなんて思ってはいない。

むしろ、御堂が心配する通り、情報に見合わない代償を払わされる展開を容易に想像することができた。

御堂は明らかに怪しんでいたけれど、一応納得したのか、小さく肩をすくめる。そして。

「じゃあそういうことで、……俺は、庄之助さんが他のヒントを残していないか、注意して探すようにするよ。キッチン程じゃないけど、庄之助さんが亡くなってから一度も触れてない場所ならいくつか思い当たるし。たとえば共用のチェストとか、納戸とか。だから、そっちもなにかあったら報告して」

そう言って爽良たちにひらりと手を振り、談話室を後にした。

その後ろ姿を見送った後、爽良は目の前に広がる真っ黒な食器を眺めながら肩を落とす。

「謎が解消されないまま、どんどん増えていくね……」

思わず愚痴を零《こぼ》すと、礼央もうんざりした様子で頷いた。

「あの人も言ってたけど、これぱっかりはゆっくりやるしかないよ。焦っても仕方がないし」

「そう、だよね」

「とりあえず、この食器を引き出しに戻そうか。煤《すす》の臭いがどんどんキツくなってきてるから」

そう言われ、爽良は今さらながら、辺りに広がる不快な臭いに気付く。

それは、一度気付いてしまうと、さっきまで平気でいられたことが不思議なくらいに強烈で、爽良は思わず鼻を覆った。

「本当だ……、これじゃ皆にも迷惑かけちゃう」

「体に悪い物質が出てそうな臭いだよね」

爽良は早速引き出しの前へ移動し、礼央との流れ作業で、食器を元の場所へと手早く戻していく。

しかし、すべてを詰め込んで引き出しを閉じてもなお、臭いが落ち着く気配はなかった。

ならば空気を入れ替えようと、爽良は談話室と廊下の窓を全開にする。

幸い外は風が強く、部屋の空気はあっという間に入れ換わったものの、窓を閉めるやいなやふたたび臭いが復活し、爽良は頭を抱えた。

「臭い、まだ残ってるよね……？　消臭剤とか買ってきたほうがいいのかな……」

「……ってかさ、変じゃない？」

「え？」

「食器を出すときはそこまで気にならなかったのに、急にあんなに臭いが充満するなんて」

「言われてみれば、そうだね……」

礼央の疑問はもっともだった。

いくら集中していたとはいえ、あれ程の臭いの中で数十分も作業できていたなんて、少し無理があるようにも思える。

すると、礼央は少し考えた後、意味深に瞳《ひとみ》を揺らした。

「もしかして、これまで臭いが漏れてなかったのも、あのお札の効果だったりするのかな」

その言葉を聞いてたちまち爽良の頭を過《よぎ》ったのは、引き出しの向板に貼られていたお札のこと。

爽良は思わず目を見開く。

「え、お札って、そんなことまでできるの……？」

「って言うけど、すでに十分過ぎるくらいのことしてるじゃん、あのお札。それに、臭いが強くなったタイミング的にも、そうとしか考えられないし」

「……それは、確かに」

「つまりあのお札には、火も煙も熱も、おそらく臭いまでも遮断する効果があったってことになるのか」

「空気自体、ってこと……？」

「ただ、空気を遮断するとそもそも火が付かないから、臭いを分子レベルで、……って、金属を溶かす程の火力が出てる時点で、理屈の話をしても意味ないわ。やめよう」

「…………」

「爽良？」

「ううん。なんていうか、単純に驚いて」

「やばい話だよね。とにかく、もう一回あのお札を貼った方がよさそうだから、御堂さんに声かけてくる。さっき持って行っちゃったし」

「うん。……ありがとう」

「待ってて」

　礼央が御堂の部屋へ向かった後、しんと静まり返った部屋で、爽良は思わず溜《た》め息をついた。

引き出しの奥に貼られていたお札の、はるかに常識を超越した効果が、不気味で仕方がなかったからだ。

冷静でかつ順応性の高い礼央は、理屈の話をしても意味がないと言っていたけれど、爽良にとってはそう簡単な問題ではない。

なにより、そのお札の出所が依であるという事実がまた、怖ろしさをさらに上乗せしていた。

爽良はぴたりと閉じられた引き出しを見つめながら、近々また依と関わることになるのだろうかと、ぼんやりと考えを巡らせる。

ただ、深い憂鬱《ゆううつ》に苛《さいな》まれながらも、これもまた庄之助の導きなのだと考えると、仕方がないと思えてしまう自分もいた。


翌日。

爽良は午前の作業をすべて終えた後、なんとなくの思いつきで裏庭のローズマリー畑へ向かった。

冬なのにたくさんの葉を茂らせ、花まで咲かせている姿はどこか逞《たくま》しく、爽良はしばらくその光景を眺める。

ふと思い出すのは、ローズマリーは放っておくとどんどん大きくなっていくのだと話していた、母の言葉。

ときどき枝を間引いて調整しないと、いずれ木のようになってしまうと聞いたような記憶があった。

現に、裏庭のローズマリーはどれも実家のものとは比較にならないくらいに株が大きく、爽良の腰の高さまで枝を伸ばしている。

狭いベランダでこうなってしまえば大変だろうと、爽良は今になって、母がいかに手をかけていたかを実感した。

とはいえ、小さな森のように鬱蒼としている様子もまた壮観であり、鳳銘館の雰囲気にはとても合っている。

なにより、景色からすっかり色味が消えてしまう冬に花を咲かせてくれるところが、この広過ぎる庭の中で、かけがえのない存在に思えてならなかった。

ただ、そんな花を眺めながらふと気になったのは、開花の時期。

このローズマリー畑を見つけた時点ですでに花が咲いていたけれど、あれから一ヶ月以上経ち、もっとも寒い時期に差しかかっている今もなお、花が終わりそうな気配はまったくない。

気になりはじめたら止まらず、爽良は早速携帯を取り出し検索する。

すると、表示されたサイトには、〝ローズマリーは秋から春にかけて花を咲かせる、開花期の長い植物です〟と書かれていた。

「長いと、初夏まで花が持つこともある、……か。すごい」

驚きの事実に、爽良はついひとり言を零《こぼ》す。

そのまま夢中になって記事を読んでいると、やがて見出しが「ローズマリーのさまざまな利用方法」に変わった。

そこに記されていたのは、消臭剤や化粧水の作り方などもあったけれど、もっとも多かったのはやはり料理のレシピ。

肉や魚の臭み取りといった基本からはじまり、いかにも料理上級者向けといったシーズニング作りに至るまで、ざっくりとまとめられていた。

「レシピか……」

呟《つぶや》くと同時に頭を過っていたのは、やはり、庄之助がメモに残した「秘密のレシピ」という謎めいた言葉。

結局引き出しの中から見つけることはできなかったけれど、わざわざローズマリー畑に鍵《かぎ》とメモを隠していたのだから、きっとローズマリーを使ったレシピに違いないと、爽良は密《ひそ》かに想像していた。

とはいえ、ローズマリーを使ったレシピなんて、ちょっと検索しただけでも大量にあり、どれを指すのか見当もつかない。

ただ、開花期を調べたことでより興味を惹《ひ》かれてしまった爽良は、自分も試しに料理に使ってみようかと、ふと思いついた。

やがて、好奇心がみるみる膨らんで止まらなくなり、爽良はその勢いのまま今度は収穫方法を検索する。

そして、用具入れへ剪定鋏《せんていばさみ》を取りに行き、ネットの記事を参考に何本かの新芽を摘むと、すぐにキッチンへ向かった。

自室のキッチンを使わなかったのは、美代子と同じ環境で料理をすれば、なにかわかることがあるかもしれないという思いつきから。

爽良は、壁際の棚に収納されている鉄のフライパンを初めて手に取り、小さなコンロの上に置いた。

ちなみに、この棚からヤカン以外の道具が使われているところは、これまでに一度も見たことがない。

もちろん爽良も例外ではないが、それには明確な理由があった。

というのは、ここに共用として置かれている鍋《なべ》やフライパンは、どれも見るからにプロ仕様であり、爽良が自室で使っているような焦げ付き防止加工がされておらず、つまり扱いの難度が高い。

だから、住みはじめた当初は、おそらく見た目を重視して鳳銘館の雰囲気に合うものを揃えたに違いないと勝手に思い込んでいた。

しかし、美代子の存在を知って改めて手に取ってみると、フライパンの底についた無数の細かい傷から、ずいぶん愛用されてきたであろう歴史が伝わってくる。

ただ、それと同時に気になったのは、爽良が手にしたフライパンが、簡易的なキッチンで使うにはあまりにも大きすぎること。

なにせ、ここのコンロやシンクはとても小さく、そもそも本気で料理をするような仕様にはなっていない。

試しにもう一度棚を漁《あさ》ってみたけれど、残念ながら、これより小さなフライパンは見当たらなかった。

爽良は重ね重ね、この小さなキッチンで本格的な道具を使い、当たり前に料理をしていたという美代子の器用さに感心する。

「本物の料理人って、どんな環境でも美味《おい》しいものを作れちゃうんだな……」

勝手な妄想が膨らみ、思わずひとり言が零れた。

その瞬間、談話室の入口の方からよく知る気配を覚え、驚いて視線を向けると、可笑《おか》しそうに笑う御堂と目が合う。

「御堂さん……！」

「ブツブツ言ってるのが聞こえてびっくりしたよ。ずいぶん集中してたみたいだけど、料理でもするの？」

「い、一応、そのつもりだったんですけど……、つい、本格的な道具に驚いてしまいまして」

「ああ。……美代子さんのやつは、大きいし重いよね」

「御堂さんは、使ったことがあるんですか？」

「あるにはあるけど、目玉焼きもマトモに焼けなかったよ。後から聞いたら、鉄のフライパンはしっかり熱さないと焦げつくらしくて」

「そ、そうなんですね……」

その情報は、さっきまで意気込んでいた爽良を怯《ひる》ませるには十分だった。器用な御堂ですら失敗したものを、自分に扱えるはずがないと。

すると、そんな爽良を見ながら、御堂が堪《こら》えられないとばかりに笑った。

「いや、顔に出すぎ。別に失敗したっていいわけだし、やるだけやってみればいいじゃん」

「失敗する前提で言わないでください……」

「そんなつもりじゃないよ。……ってか、ローズマリーを使うの？」

御堂がふいに指差したのは、爽良が摘んできたローズマリー。

「あ、えっと、……その、なにかに使えればな、なんて」

フライパンで怯んでおきながら、ハーブを使おうとしている自分がなんだか恥ずかしく、爽良は深く俯《うつむ》く。

しかし、御堂はそんな爽良を揶揄《やゆ》することなく、ローズマリーを手に取って香りを嗅《か》ぐと、柔らかい表情を浮かべた。

「いいね。……この香りを嗅ぐと、美代子さんとの食事を思い出すよ」

その発言で、爽良は目を見開く。

「ってことは、やっぱり美代子さんの料理にはローズマリーがよく使われてたんですね……」

「うん。なにせ、庄之助さんがめちゃくちゃ気に入ってたしね」

「御堂さんは？」

「俺は子供だったし、好きって程でもなかったけど。でも、この香りはもはや、美代子さんの代名詞って感じ」

「そんなに……。だったら、このローズマリーを庭に植えたのって、やっぱり美代子さんなんですね」

「そうだよ。最初の頃は美代子さんが自宅から持ってきてくれてたんだけど、庄之助さんが、そんなに使うならいっそ庭に植えようって言い出して。それで、美代子さんが自分が育ててたやつを株分けしたの」

「やっぱりそうだったんだ……。それが、今や森みたいになって……」

爽良は裏庭のローズマリー畑を思い浮かべながら、しみじみと頷《うなず》く。

しかし、御堂は逆に眉《まゆ》を顰《ひそ》めた。

「森？　ローズマリーが？」

「え？……だって、どの株もかなり大きいですし……」

「いや、待って。ウッドデッキの横の花壇にあるローズマリーの話だよね？」

「はい……？」

思いもしなかった言葉に、爽良はポカンと御堂を見上げる。

するとと、御堂はウッドデッキに続く戸を開き、すぐ近くの花壇を指差した。

「あれのことじゃないの？」

戸惑いながらも視線を向けると、確かに花壇の端の方に、控えめに枝を広げるローズマリーが見える。

「あんなところにもローズマリーが……」

「頻繁に剪定《せんてい》してるから小さいけどね。美代子さんから、放置するとあっという間に花壇を侵食するって脅されてたし。……ってか、あれじゃないなら、爽良ちゃんはどこのローズマリーの話をしてたの？」

「どこって、裏庭の……」

「裏庭？」

御堂は、まったく思い当たっていない様子だった。

まさかの反応に混乱し、爽良はさらに言葉を続ける。

「西側の一番奥です。パッと見はローズマリーってわからないくらい大きく育っていますけど……。ちなみに、庄之助さんが書いたメモや引き出しの鍵も、そこで見つけたんですが……」

「そうなんだ？　裏庭で見つけたって話は覚えてるけど……、ローズマリーの話は聞いてなかったかも」

「じゃあ、御堂さんは、裏庭にローズマリー畑があること自体、今まで知らなかったんですか？」

「うん、まったく。そもそも、裏庭の植物は何十年も自然のままだし、なにが生えてるかなんていちいち気に留めてないよ。だいたい、ややこしい霊に遭遇したら面倒だから俺は極力立ち入らないようにしてるし。むしろ、好んで行くのは爽良ちゃんと上原くんくらいのもので」

「……す、すみません」

「いや、責めてるわけじゃないよ。前の爽良ちゃんならともかく、今は十分危険を認識してるんだろうから、止める気もないし。それに、今はスワローもいるしね」

そう言われて改めて思い返すと、確かに爽良が引っ越した当時の御堂は、裏庭は危険だから安易に立ち入らないようにと度々言っていたし、実際、爽良は何度となく怖ろしい目に遭った。

ただ、ガーデンを発見したことを機に、爽良の中で裏庭の印象が少し変わり、今や癒《いや》しの場所となっている。

「裏庭って暗くて湿っぽくて、変な気配も多いですし、前はただただ怖い場所だったんですけど……、最近は、だんだん好きになってきちゃって。鳥もたくさん集まってきますし、いろんな野花が咲くからなんだか面白くて。……もちろん、時間帯や辺りの気配には注意を払ってますけど……」

「そんなに慌てなくても、怒らないってば。にしても、その裏庭のローズマリーは誰が植えたんだろうね」

「私は美代子さんだと思い込んでましたけど、すぐそこに植えてるなら必要ないですもんね。……なら、庄之助さんでしょうか。鍵《かぎ》を隠すくらいだから、ローズマリー畑の存在を認識していたことは確かですし」

「うーん……。でもそれだと、ちょっと不思議だよね。本人からはそんな話を聞いたことないし、もっと増やしたかったなら、そこに植えてるやつを大きくすればいいだけなのに」

「そう、ですよね……」

まさに、御堂の言う通りだった。

いまいち釈然とせず、爽良は黙って考え込む。

すると、御堂がふいに、コンロに置いたままのフライパンを指差した。

「……ってか、脱線させてごめん。誰が植えたかなんて、今考えたところでわかんないんだし、料理を続けてよ」

「た、確かに……」

「で、結局なに作るの？」

御堂の強引な軌道修正によってひとまず話は元に戻ったものの、それはそれで悩ましく、爽良は小さく息をつく。

「それが、まだ考え中なんです。ローズマリーを使って料理をしようって思いついたときは、私の部屋の冷蔵庫に残ってる材料を使って……って軽く考えてたんですけど、ネット検索で出てくるレシピがことごとくお洒落《しゃれ》で、残り物でどうこうできるレベルじゃないというか……」

「俺もあまり料理する方じゃないからよくわかんないんだけど、そうなの？」

「はい。張り切って先にローズマリーだけ摘んじゃいましたけど、材料を買うところから始めた方がよさそうです」

爽良は摘んできたローズマリーを手に取り、苦笑いを浮かべた。

しかし、そのときふと、御堂がなにかを思い出したかのように表情を明るくする。

「……あ、待って、パンケーキはどうかな？　パンケーキだったら、特殊な材料いらなくない？」

「え……？　パンケーキですか？」

「そう、ローズマリーの」

「ローズマリーの、パンケーキ……？」

御堂は名案を思いついたとばかりに目を輝かせているけれど、爽良にはパンケーキとローズマリーがどうしても繋《つな》がらず、ポカンと御堂を見上げた。

想定外の反応だったのか、御堂は困惑した様子で首をかしげる。

「え、まさか知らない？　パンケーキの生地にローズマリーが混ざってるやつ」

「まさかもなにも、私はまったくの初耳です……」

「え、嘘でしょ？　食事系では代表的なパンケーキだって美代子さんから聞いてたし、学生の頃はかなりの頻度で食べてたんだけど……」

「そんなにですか？　私は食事系のパンケーキ自体、お店でしか食べたことないですけど……。それも、ハーブなんてオシャレなものじゃなくて、目玉焼きとかベーコンが添えられてるような」

「そうなの？……ってことは、美代子さんの感覚が一般的じゃなかったのか……」

「えっと……」

「まあでも、考えてみればそうだよなぁ。あの人、外国で料理の勉強をしてたわけだし。……なんか、ごめんね。美代子さん的には超定番で、実際におにぎりくらいの感覚で作ってたから、メジャーな料理だって勝手に思い込んでた。俺は料理にさほど興味がないから、疑問も持たなかったし」

御堂は少し戸惑っている様子だったけれど、爽良もまた、大きな衝撃を受けていた。

美代子の料理のレベルが高いことは重々承知しているつもりだったけれど、ローズマリーのパンケーキなどという珍しいものを〝おにぎりくらいの感覚〟で作っていたなんて、想像以上だと。

ただ、一方で、そのいかにもお洒落な響きの料理に、すっかり興味を惹《ひ》かれてしまっている自分がいた。

「メジャーな料理だっていう感覚はなかったんですけど、……でも、すごく美味《おい》しそうですよね。香りもよさそうだし」

想像を膨らませながら呟《つぶや》くと、ふと、御堂が爽良と目を合わせる。そして。

「……じゃあ、作ってみる？」

突如、そう提案した。

「え、私がですか？　だけど、作り方が……」

「多分だけど、普通のパンケーキにみじん切りしたローズマリーを混ぜるだけだと思うよ。それなら、たいした材料も必要なさそうじゃない？」

「確かに、牛乳とか玉子なら、部屋に使いきれてないぶんが……」

「だったらちょうどいいじゃん。俺も手伝うから作ろうよ」

あまりに嬉《うれ》しそうな顔でそう言われ、思わずドキッとした。

爽良は慌てて目を逸《そ》らし、ひとまず頷《うなず》く。

「じゃ、じゃあ……、とりあえず、材料を取ってきます……！」

逃げるように談話室を後にしながら、最近の、壁のなくなった御堂はあまりに心臓に悪いと、しみじみ思った。

やがて部屋に着いた爽良は冷蔵庫を開け、頬に触れる冷気を浴びながら、ゆっくりと息を吐く。

しかし、落ち着くやいなや脳裏に蘇《よみがえ》ってきたのは、〝残りの人生が余っちゃったから、それは君のために使うよ〃という、御堂の衝撃の発言。

たいした意味などないと自分に言い聞かせてはいるものの、まったく免疫を持たない爽良には到底処理できないまま、ときどきこうして頭の中で再生されてしまう。

「いやいや、そんなの向こうはもう忘れてるから……」

爽良はブツブツと呟きながら、冷蔵庫の棚からバターと玉子と牛乳を、そして棚から小麦粉とベーキングパウダーと砂糖を手に取って袋に詰め込み、ふたたび談話室へ戻った。

そして、持ってきた材料をひとまずカウンターの上に広げる。

改めて見てみれば、ローズマリー以外は使い慣れたものばかりであり、身構えていた程高いハードルではなさそうに思えた。

「じゃ、じゃあ、始めます」

「手術じゃないんだから」

「つい、緊張しちゃって……」

「大丈夫、助手が優秀だし」

御堂はそう言ってエプロンを手渡してくれ、爽良がそれを着けている間にボウルや泡立て器を次々と並べる。

そのあまりの手際のよさを見てしまうと、優秀だという御堂の不遜《ふそん》な台詞《せりふ》に突っ込むことすらできなかった。

さらに、御堂は料理をあまりしないと言っていた割に、ネットにあった一般的なパンケーキのレシピを見ながら的確な指示を出してくれ、お陰であっという間に生地が出来上がっていく。

結果、言われるがままに手を動かしているうちに後は焼くだけとなり、爽良はややグリーンがかった生地を手に、コンロに火を点《つ》けた。

「もう生地を流し込んじゃっても大丈夫でしょうか」

「いや、待って。確か、油を引いた後、煙が出るまで熱してから、一旦《いったん》フライパンをコンロから外して、底を濡《ぬ》れ布巾《ぶきん》で冷やすといいって言ってた気がする」

「そうなんですか？……すごい記憶力」

「焼いてるところなら、何度か見物してたから」

「なるほど……」

爽良は言われた通り、煙が出始めたフライパンを一度冷やし、もう一度コンロに戻してゆっくりと生地を流す。

すると、生地は音もなくフライパンに落ち、すぐにバターの香りがふわっと舞い上がった。

「いい香り……」

思わず呟くと、御堂が目を細めて笑う。

「パンケーキを焼いてるときの香りって、なんだか満たされるよね」

「わかります。うちは土日のお昼に母がよく焼いてくれていたので、のんびりしたお休みの日を思い出します」

「香りって、記憶と直結するっていうから」

「本当、その通りですよね」

それはよく聞く話だが、現に、香りを嗅《か》いだ瞬間から、爽良の頭には休日の実家での風景が鮮明に浮かんでいた。

懐かしさに浸りながら、爽良は御堂の合図のもと生地を裏返す。

すると、表面は綺麗《きれい》なきつね色に焼けており、さっきよりも少し香ばしい香りがふわりと立ち上った。

「おいしそう……」

「だね。形もまん丸でいい感じ」

「そういえば、パンケーキにはこういう平たいものと、スフレ状の分厚いものがありますけど、美代子さんが作るのはこっちで合ってます？」

それは、形を褒められてふいに浮かんだ、ごく素朴な疑問だった。しかし。

「うん、形はこんな感じ……なんだけど」

完成間近のパンケーキを前に、御堂は小さく首をかしげた。

「なにか違います……？」

「うーん……。色がちょっと違うような。生地の部分がもうちょっと黄色っぽかった気がするし、あと、こんなに表面がサラッとしてなかったような……」

「色と表面ですか……」

「黄色っぽかったってことは、玉子の量が多いのかな。表面は、油の量とか……？」

「というか、そろそろ焼けてるのでは……」

「玉子の黄身だけ使ってた説もあるけど、……でも分けてた記憶ないしな……」

「あの、御堂さん……？」

御堂は思考の世界に入り込んでしまったらしく、焦る爽良を無視し、パンケーキを観察しながらブツブツと呟く。

御堂が凝り性で、なにをするにも強いこだわりを持っていることは周知の事実だが、ひとたび疑問を持てば、興味がないと言っていた料理のことであってもこうなるのかと、爽良はその様子にただただ驚いていた。

しかし、このままでは焦がしてしまいそうで、爽良は控えめに御堂の肩を叩《たた》く。

「あの、そろそろお皿に……」

「え？……あ、そうだね、ごめん」

御堂は慌てて頷き、爽良に皿を手渡してくれた。

爽良は焼き上がったパンケーキを皿に移し、先に御堂の前に差し出す。

「先に食べてみてもらえますか？　美代子さんが作ってたものと近いかどうか、知りたいので」

すると、御堂は早速パンケーキを口に運び、――けれどすぐに首を横に振った。

「普通においしいんだけど、美代子さんが作ったやつとは全然違うな。爽良ちゃんも食べてみて」

そう言われて爽良も食べてみると、口に入れてすぐにローズマリーの香りがスッと鼻に抜け、パンケーキで感じたことのないような爽《さわ》やかさを覚える。

ただ、当然ながら、香り以外は食べ慣れた普通のパンケーキだった。

「ローズマリーとパンケーキの相性の良さはわかりましたけど……、なんというか、普通ですね。美代子さんが作ったパンケーキはどんな感じだったんですか？」

「うーん……。まず、もっと塩が利いてたってのと、……もっとしっとりしてたっていうか」

「しっとり、ですか」

「っていうより、もっちり？」

「もっちり……。これはふわっとしてるから、全然違いますね」

御堂は頷き、早速携帯でなにやら検索をはじめる。

「……もっちりさせたいなら、米粉を使うといいってレシピがあるね。あと、牛乳の代わりにヨーグルトとか……、いっそ餅《もち》を入れるってのもあるけど、材料の中に餅があったらさすがに覚えてると思うしな……」

「米粉を使うっていうのは、たまに聞きますけど。米粉パンとか、流行《はや》ってましたし」

「そうなんだ？　気になるから、今度買ってこようかな」

「そうですね、試してみましょう」

「あ、でも……、焼く前の生地をしっかり練って、糊化《こか》するって方法も出てるな」

「材料をよく練るだけですか……？　それだったら材料を買い足さなくてもすぐにできますし、今からやってみます……？」

「いいの？」

「もちろん。私も美代子さんの味が気になってきましたし」

そう言うと、御堂は嬉しそうに頷き、早速材料を量りはじめる。

気付けば、当時の美代子の追体験をしたいという爽良のそもそもの目的は、美代子のパンケーキと同じものを作りたいというものにすっかり変わってしまっていた。

しかし。

「――ダメだ、なんか全体的に重いしボソボソする。やっぱ材料が違うのかも。それに、これだと表面の質感がさっきと変わらないし」

生地をよく練って作り直したものの、御堂はまったく納得いかない様子だった。

「表面の質感って、結構大きなポイントですよね」

「うん。知識が浅いから上手《うま》く表現できないんだけど、ちょっとデコボコしてたっていうか、……あと、もっと罪悪感の高い見た目だったような気がする。言い方は悪いけど、もっと油っこい感じ」

「油っこいって、パンケーキがですか……？」

「そのはずだけど、……なんだか自信がなくなってきたな。もしかして、美代子さんがパンケーキって呼んでただけで、実はまったくの別物だったりして。……たとえば海外で覚えたパンケーキっぽい形状の珍しい料理とか」

「確かに、海外の料理名には覚え辛《づら》いものが多いですし、わかりやすくするために、パンケーキって呼んでただけの可能性も……」

「でも、だとすると再現の難度が上がっちゃうな」

御堂の言う通り、もし美代子が作っていたものが外国の珍しい料理だった場合、日本のパンケーキのレシピを検索しても、おそらく正解には辿《たど》りつかない。

しかし、御堂は途方に暮れる爽良の一方で、楽しそうに笑った。

「とはいえ、肝心の味は俺が覚えてるわけだし、料理の範囲が広がったっていっても、ローズマリーを使ったパンケーキ状の食べ物なんてさほど多くないでしょ。地道に探そうよ」

「そうです、よね……。というか、御堂さんは今後も協力してくれるおつもりなんですか？」

「協力っていうか、パンケーキの再現に拘《こだわ》りはじめたのは俺の方だし。ひとまず、海外にも範囲を広げてパンケーキっぽいレシピを探して、材料をリストアップしてみようかなって。それで、来週あたりにまた作ってみたいんだけど、いい？」

「もちろんです。なんだか、楽しそうですし」

「じゃ、決まりね」

御堂はほっとしたように笑うと、早速カウンターの上の調理道具を手早く片付けはじめる。

爽良も慌ててシンクの前に立ち、洗い物をするためスポンジを手に取った。

けれど、辺りに残る甘い香りを洗剤の香りで上書きしてしまうのがなんだか勿体《もったい》なく、爽良は迷った挙句、一旦《いったん》手を止めてティーポットを手に取る。

「あの、もしまだ時間があるなら、少し休憩してから片付けませんか？　私、紅茶を淹《い》れますから」

それは、たいして深く考えずにした提案だった。

けれど、御堂は明らかに驚いていた。

「……時間は、あるんだけど」

「けど……？」

「いや、そんな提案をくれるなんて思わなかったから。爽良ちゃんって俺の前ではいつもビクビクしてたしさ。最近になって、ようやく少しマシになったけど」

「そんな、ビクビクなんて……」

「してたよ」

「……」

御堂の言い方はさすがに大袈裟《おおげさ》だと思いながらも、爽良には十分思い当たる節があり、それ以上強く否定できなかった。

そもそも、御堂という人間は最初から摑《つか》みどころがなく、優しくしてくれてもどこか冷めて見え、なにより、爽良の考え方にずっと対立的だった。

それに関して完膚なきまでに責められたことは記憶に新しく、以来、顔を合わせるたびに条件反射で緊張していたように思う。

ただ、それも御堂の母親の魂が見つかるまでの話であり、御堂はあれ以来、爽良と話すときに醸し出す雰囲気そのものが、別人のように違う。

「まあ、怖がってた時期もあるんですが……、あくまで、過ぎた話で……」

観念して認めると、御堂は可笑《おか》しそうに笑った。

「ほら」

「すみません……。でも、別に苦手だとか、避けてたとか、そういうことではなくて……」

「それはわかるよ。君はビクビクしてる半面やたらと果敢で、雛人形《ひなにんぎょう》の騒ぎのときなんて、めちゃくちゃ目を泳がせながらも、善珠院の中で捜しものをしたいって言ってきたし」

「……目、泳いでましたか」

「だいぶね。……でも、あの頃、爽良ちゃんは俺に悪態をつく碧に反論してくれてたじゃん。あれさ、実は結構嬉《うれ》しかったんだよね。俺は君に散々キツいこと言ってきたし、庇《かば》われるどころか嫌われて当然くらいに思ってたのに、まさかあんなふうに言ってくれるなんて」

少し切なげに落とした視線が、本音で語っていることを表していた。

なんだか胸が締め付けられ、爽良は首を横に振る。

「嫌うなんて、そんなのあり得ません。私がふがいないだけで、御堂さんはいつも正しいことを言ってましたし」

「いや、そもそも、正論ならなにを言ってもいいわけじゃないからね。なのに、俺は心に余裕がなさすぎて、必要以上に嫌な言い方して」

「そんなこと……」

否定しても聞き入れてもらえず、爽良は困惑する。

しかし、御堂はそんな爽良を見ながら、突如意味ありげな笑みを浮かべた。――そして。

「……ま、ともかく、今は当時とは精神的余裕が全然違うから安心して。前にも言ったけど、今の俺は百パーセント君の味方だし、俺の時間は出来る限り君のために使いたいと思ってるから」

忘れもしない衝撃の台詞《せりふ》をふたたび口にし、爽良の額にたちまち汗が滲《にじ》んだ。

「で、ですから、そういう誤解を生むような発言は……！」

「そんなに身構えなくても大丈夫だってば。俺のことは便利な式神くらいに思っててくれればいいっていう話だし」

「その譬《たと》え、全然わからないです……」

「要するに、気を揉《も》んだり遠慮したりする必要はないってこと。俺との関わり方に困惑してるみたいだから、一応言っておこうと思って」

「……………」

そんなことまで見抜かれていたのかと、爽良は思わず絶句する。

確かに、急に距離感が近くなった御堂に対して、どこまでの関与が許されるのか、爽良はずっと迷っていた。

しかし、御堂の言い方には、すべてを許可すると言っているも同然のニュアンスがあった。

「じゃあ……、ひとつ、立ち入ったことを聞いてもいいでしょうか……？」

爽良は探り探りに、注意深く前置きをした上でそう尋ねる。

すると、御堂はあっさりと頷《うなず》いてみせた。

「もちろん、なんでも聞いて。答えたくない内容ならそう言うけど、少なくとも、誤魔化したりはしないから」

「なら、……御堂さんは、依さんのことをどう思ってるんですか？」

「え、……依？」

「はい。……どんな感情なんだろう、って」

「…………」

絶句する御堂を見て、これは失敗だったかもしれないと、たちまち緊張が走った。

ただ、どうしても依の関わりを感じざるを得ないこの一連の件を追求する上で、そこははっきりさせておきたいところだった。

談話室の空気が、わずかに張り詰める。

しかし、長く続くと思われた沈黙は、脱力するような御堂の溜《た》め息で、意外にも早く終わりを告げた。

「依、ねぇ……」

そう呟《つぶや》きながら御堂が浮かべた表情が思いの外《ほか》柔らかく、爽良は胸を撫《な》で下ろす。

そして。

「少なくとも、恨んでるとか憎んでるってことはないんだけど、……何度も言うように、関わるべきじゃないっていうのが俺の出した結論だよ」

悩ましげに眉《まゆ》を顰《ひそ》めながら、そう口にした。

「そう思う理由は、鳳銘館の住人たちに迷惑をかけるから、ですよね……？」

「最大の懸念は確かにそれだけど、そもそも俺には依を扱いきれないから、距離を置くしかないんだ。なんというか、人種が違いすぎて」

「人種……」

「そう、根本的な部分がね。俺は知っての通り、母が亡くなったときに霊を甘く認識していたことを心から悔やんだけど、……依は、違うから。あいつは、母の死を悲しむどころか、霊の持つ可能性に興味を持ってたし」

「お母さんが亡くなったのに……？」

「理解し難いだろうから、少し話を遡《さかのぼ》るね。まず、うちのような古い寺にはまだ時代錯誤な慣習が残っていて、とくに親父は、後継は必ず男以外に考えられないって人で、……まぁつまりは、俺にね、任せたいと思ってるわけ」

「でも、長男に任せたいと思うのは普通では……」

「そうなんだけど、……同時に、女性の地位が男性よりも低いっていう、慣習に付属して大昔から代々受け継いできた考え方を、色濃く残している面があって。つまり、物心ついた頃から、俺と依には結構な扱いの差があったんだ。与えられる教育や、食べるものまで」

「そう、なんですね……」

咄嗟《とっさ》に初めて聞いた体を装ったものの、そのとき爽良の脳裏には、前に碧から聞いた話が過《よぎ》っていた。

碧があのとき語っていた、『世の中はなにもかもに男女平等の風潮が広がっているけど、私たちの血筋はそうじゃないから。吏と依ちゃんみたいに歳が近いとさ、扱いの顕著な差に傷つくだろうし、そりゃ歪《ゆが》んじゃうよね』という言葉を、爽良は今も印象的に覚えている。

その話を聞いたとき、爽良は、女であるというだけで兄と差をつけられ、必要とされていないという思い込みが寂しさを生み、依の人格を形成したのだろうと想像した。

ただ、それと同時に、事実がどうあれあくまで他人の家庭のことだと、安易に踏み込むべきではない領域だと、それ以上追求しようとは思わなかった。──けれど。

今の御堂には、そこからさらに一歩踏み込んだ話を語ろうとしているような雰囲気があり、爽良は思わず身構える。

一方、御堂はそんな爽良の心境を他所《よそ》に、ふたたび口を開いた。

「で、話を戻すけど……、そういう事情も影響して、母の死に対する認識は、俺と依の間でかなりの差があったと思うんだ。実は母も由緒ある寺育ちで、子供の頃から善珠院に嫁入りすることがほぼ決まっていたから、善珠院の慣習や父の考えがしっかり身についていて、……だから、依の立場からすると、自分への興味が薄いように感じてたと思う。母はとても優しい人だったから、気をつけてたとは思うけど、……それでも、偏った教育を受けていたことは変えようのない事実だし」

「だからって、亡くなっても悲しくないなんてことは、さすがに……」

「俺もそう思いたかったけどね。……でも、あいつ、笑ってたんだ」

「え……？」

「母を死に追いやった悪霊の気配を、意気揚々と捜しながら」

「そんな、こと」

「まるで、新しいおもちゃを見つけたかのようだったよ」

「………………」

さすがにあり得ないとは、言えなかった。

むしろ、依の残酷さを知っているだけに、その様子を想像できてしまっている自分がいた。

同時に、母を失った悲しみに暮れていた当時の御堂が、そんな妹の姿を目の当たりにしてどれだけ衝撃を受けただろうかと考えると、とても複雑だった。

さまざまな感情がひしめき合い、なにも言えなくなってしまった爽良に、御堂は苦笑いを浮かべる。

「ごめんね、重い話して。ともかく、俺にとってはまったく理解ができない相手だから、結論として、関わりたくないってこと。依が霊能力を使って非人道的なことをしてるのは察してるし、止めさせたい気持ちもあるんだけど、依からすれば特別扱いされてた俺の言葉なんて、なにも響かないんだよ」

「そういう、ことですか」

「正直、俺が止めるべきだって思ってた時期もあったんだけど、……依はむしろ、自分だけ大切にされてきた罪悪感が俺にあるはずだと踏んで、利用しようとしてきたし。……逆に煽《あお》るくらいなら、関わらない方が犠牲者が少なくていいでしょ」

「ちなみに、庄之助さんはなんて……」

「庄之助さんは依を真正面から責めたりしなかったし、俺にも、どうしろなんてひと言も言わなかったよ。一度だけ、俺から相談したことがあるんだけど、家族やら責任やらに縛られず、好きなところで好きに生きろって言われた。……正直、あまり答えになってないんだけど」

「だけど、なんだか、思いは伝わりますね」

いかにも庄之助が言いそうな言葉だと、爽良は思う。

庄之助は、曖昧《あいまい》な手紙や、見つかる保証もない場所に隠した伝言からわかるように、具体的になにかを押し付けるようなことはしない。

ただし、心の中に引っかかっているものにそっと焦点を当ててるかのような、絶妙なメッセージだけを残す。

「とにかく、依のことで俺の心情を気遣う必要はないから」

御堂はそう言って言葉を締め括《くく》ると、棚からティーカップを取り出した。

ちょうどお湯が沸き、爽良は茶葉をティーポットに入れながら頷く。

「わかりました。……教えてくれて、ありがとうございます」

「にしても、庄之助さんもなにか言いたいことがあるんだったら、せめて名前出すとか、もうちょっとでいいから直接的な書き方をしてくれたらいいのにね。こうやって毎度毎度人に散々考え込ませて」

「本当にそう思います。ただ、お陰で皆と会話する機会も増えますし……、って、もしかしてそれが狙いだったりして」

それは、ただの思いつきだった。

しかし、御堂がふいに、大きく瞳《ひとみ》を揺らす。

「それ、あり得る気がする」

「え……？」

「いや、なんだか、庄之助さんが考えそうなことだから。あの手紙がなかったら、爽良ちゃんとここまで打ち解けられていたかどうかもわからないし」

「そう言われると……。実際、あの手紙は、庄之助さんや御堂さんの思い出話を聞くキッカケにもなりましたしね」

「自分がいなくなっても、ここで人同士が繋《つな》がれるようにって考えたのかも」

「人同士が繋がれるように……」

御堂が口にしたその表現で、爽良としても、なんだかすとんと腹落ちするような心地がしていた。

実際、直接的に仲良くしろと言われても大人になると簡単にはいかないものだが、一人では解けない謎を残されたことで、ここで知り合った面々との繋がりが深くなったような手応《てごた》えがある。

御堂や碧やロンディはもちろんのこと、出会った頃は一抹の不安を覚えていた、紗枝やスワローとも。

「なんだか、庄之助さんってすごい人ですね。まるで、自分がいなくなった後のことが全部わかってたみたい」

「今となっては、そこまで深く考えてたかどうかわからないけどね。結果的に、上手《うま》くいったってだけで」

「でも、もし本当にそうだとすると、例の鍵《かぎ》や、『秘密のレシピの在処《ありか》』っていう伝言にも、誰かと誰かを繋げる目的があるのかも……」

「………」

不自然に黙り込んだ御堂がいったい誰を思い浮かべていたかは、わざわざ聞くまでもなかった。

一瞬緊張したけれど、気遣う必要はないという御堂の言葉を信じ、爽良はさらに続ける。

「やっぱり、よ、依さん、でしょうか……」

平静を装ったつもりだったけれど、語尾は弱々しく萎《しぼ》んだ。

つい目を泳がせた爽良を、御堂が可笑《おか》しそうに笑う。

「考えが顔に出すぎ」

「み、御堂さんだって……！」

「だね、ごめん。……いや、依との関係を繋ぐっていうのは、さすがに無理じゃないかって思っちゃって。そもそも、庄之助さんだって、依が鳳銘館で好き放題することを良しとしてなかったし、自分がいなくなった後に爽良ちゃんに丸投げするとは思えないからさ」

「それは、そうですね。でも、秘密のレシピに依さんが関わってることは間違いなさそうですし……」

「そこは確かに謎だよなぁ。……っていうか、ふと思ったんだけどさ、ローズマリーのパンケーキのことかも」

「え……？」

「〝秘密のレシピ〟の話。っていうのは、美代子さんがローズマリーのパンケーキを焼くときは、生地をずいぶん多めに作ってたような気がして。……ほら、あいつ大食いだし、前に喫茶店で巨大なパンケーキ食べてたじゃん。……いや、あれはホットケーキか。まあ、ほぼ一緒でしょ？」

そう言われて爽良の頭を過《よぎ》ったのは、忘れもしない、新宿の喫茶店で依と会った時の出来事。

依は待ち合わせの目印として『極厚ホットケーキトリプルでホイップ追加』というメニューを御堂に注文させ、着くやいなやあっという間に食べ終えていた。

「そういえば、相当好きそうでしたよね。つまり、依さんも美代子さんが作るローズマリーのパンケーキを気に入ってたんでしょうか……」

「わかんないけど、もしそうだとすればいろいろ釈然とするなって。美代子さんはあくまで内緒で依の食事を作ってたわけだから、当時なにを食べてたかなんて俺は全然知らないんだけど、……ただ、ローズマリーのパンケーキは美代子さんを象徴するような料理だから、食べさせていても不思議じゃないなって。それに、秘密っていう表現がしっくりくる程度には再現するのが難しそうだし、なにより、ことの発端となった鍵は、ローズマリー畑で見つけたわけだしさ」

「確かに……。もし依さんも気に入っていたメニューなら、なおさら〝秘密のレシピ〟との繋がりを感じますね」

納得感がある話に、途端に気持ちが高揚した。

かたや、御堂は小さく肩をすくめる。

「とはいえ、それが当たっていたからって、なにがわかるわけでもないんだけど」

「だとしても、私は、より再現してみたくなりました。作ってみて気付くことがあるかもしれませんし、もし同じものができたら、御堂さんもまたなにか違うことを思い出すかも……」

「それは、あり得るかも。……ともかく、俺はさっきも言った通り似たレシピを探すよ。それで、都合を合わせてまた一緒に作ってみるってことで、いい？」

「はい、ぜひ一緒に！　そもそも、御堂さんがいないと、美代子さんの道具で料理をするのは難しいですから」

「そんなことはないと思うけど、君に頼られるならなんでもやるよ。手を動かすのは苦じゃないし、料理もやってみると案外楽しかったし」

「……なんだか、時代錯誤な表現かもしれないけど、御堂さんっていいお嫁さんになれそうですよね」

「そこは旦那《だんな》でいいじゃん。もしかして今、俺に予防線張った？」

「ま、まさか……！」

慌てて否定したものの、旦那という言葉を避けたことは正直否めず、御堂の鋭さに爽良は思わず動揺した。

すると、御堂は爽良の目をまっすぐに見つめ、やけに含みのある笑みを浮かべる。――そして。

「ぶっちゃけ俺は、君の役に立てるなら嫁でも兄でもなんでもいいんだ。もちろん、旦那でも」

どこまで本気かわからない言葉をサラリと口にし、爽良を絶句させた。

かと思えば、慣れた手つきであっという間にカップに紅茶を注ぎ、爽良の背中を押して談話室のソファへ促す。

「そんなにガチにならなくても、今日はもう困らせないよ。なにせ、あんまり言い過ぎたら上原くんにまた嫌われるし」

「……そ、そんな、だいたい、私だって本気にしてるわけ、では」

「動揺しすぎ」

「……………」

「ちなみに本気だし」

「……………」

すっかり固まってしまった爽良を見て、御堂は心底楽しそうに笑った。

やはりからかわれているようだと、爽良はぐったりと脱力する。

ただ、その半面、こういう素の御堂の表情を度々見られるようになったことを、純粋に嬉《うれ》しいと思っている自分もいた。


不思議な出来事が起こったのは、その日の夜のこと。

爽良はなかなか寝付けず、諦《あきら》めて本でも読もうと体を起こした瞬間、目の前にスワローが姿を現した。

「スワロー……？」

やけに意味ありげな視線でじっと見つめられ、爽良はふと、またあの気配が現れたのではないかと直感する。

スワローに呼ばれるのは三度目であり、さすがに意味深に思え、爽良はベッドから出てカーディガンを羽織ると、スワローに促されるまま玄関ホールに出た。

スワローは、前と同様に、西側の廊下へとするりと消えて行く。

爽良はその後を追い、やがて談話室の前に差し掛かった頃、一旦《いったん》立ち止まって周囲の気配に集中した。

前回はこの辺りで、そのさらに前は談話室の中のキッチン付近で、同じ気配を感じた記憶があったからだ。

けれど、どんなに集中したところでなにも感じられず、辺りはただただしんと静まり返っていた。

「なにもいないみたいだけど……」

不思議に思って視線を彷徨《さまよ》わせていると、廊下のさらに奥で、パタンと尻尾《しっぽ》を振るスワローと目が合う。

「今日は、ここじゃないの……？」

尋ねると、スワローはじっと爽良を見つめた後、ふたたび廊下を奥へと進み、やがて庭に続く通用口の前で足を止めた。

すぐにその後を追ったものの、スワローは爽良を待つことなく、むしろ急《せ》かすかのようにチラリと一瞬だけ振り返り、閉じられたドアをすり抜けて外へと消えていく。

爽良は慌てて庭履きに足を通し、通用口のドアを開けた。

しかし、たちまち冷えきった空気に体温を奪われ、真冬の夜に外に出るにはあまりに薄着すぎると、爽良は途端に我に返る。

けれど、それでも今はスワローを追うべきだという衝動が勝ち、爽良は早くも感覚が曖昧《あいまい》になった足を無理やり前に進めた。

強行した理由は他でもない、もしこの先に例の気配があるとするなら、また、すぐに消えてしまうのではないかという不安があったからだ。

現に、裏庭をさらに奥へと進んでいくスワローに、もう立ち止まってくれそうな気配はなかった。

爽良はその後を必死に追いかけながら、やがて、池の横を通過する。

ここに来た頃に比べれば、裏庭への苦手意識はずいぶん薄まったけれど、とはいえ夜中の池の風景というのは薄気味悪く、自然と鼓動が速くなった。

「スワロー、ちょっと待って……」

恐怖心を誤魔化すためにあえて大きな声を出したものの、辺りに響き渡る自分の声が、かえって不安を煽《あお》る。

おまけに、さっきまでかろうじて見えていたはずのスワローの姿はもう目視できず、このままでは見失ってしまうと、爽良はさらに歩調を速めた。

しかし、そのとき。

突如、とぷん、と不自然な水音が響いた気がして、爽良は反射的に池へと視線を向けた——瞬間、足首に、ひんやりと嫌な感触を覚えた。

「っ……」

悲鳴は、声にならなかった。

ただ、――なにかがいる、と。しかも、これはかなり良くない類《たぐい》だと、感覚でわかっていた。

おそるおそる視線を足元に落とすと、暗い中でぼんやりと浮かび上がっていたのは、爽良の足首を捕えている、細くて白いなにか。

一瞬枝のようにも見えたけれど、目を凝らした瞬間に、爽良の心臓がドクンと大きく鼓動を鳴らした。

なぜなら、爽良の視界に映っていたのは、池の中から伸ばされた、人の腕。

それは、手の甲から肘《ひじ》にかけて青黒い血管をびっしりと浮き上がらせ、爽良の足首を摑《つか》んでいた。

振りほどこうと、咄嗟《とっさ》に足を動かしたけれどそれはビクともせず、逆に、突如信じられない程の力で足首を引かれ、爽良は抗《あらが》えないまま地面に転倒する。

さらに、そのまま池の縁まで、一気に体を引きずられた。

このままでは池の中へ引きずり込まれてしまうと、焦りで頭の中が真っ白になる。

ただ、そんな混乱の最中《さなか》、爽良の心の中には、こういう局面ではあまり馴染《なじ》みのない感情が生まれていた。

それは、限りなく怒りに近い、苛立《いらだ》ち。

普段の爽良ならば、あっという間に恐怖と絶望に呑《の》まれてしまうであろうこの状況の中、今はこんな霊に捕まっている場合ではないのだという憤りが、明らかにそれらを凌《しの》いでいた。

「放、して……」

呟《つぶや》いた声が思いの外《ほか》冷静で、爽良は逆に戸惑う。

なぜこんな余裕があるのか、自分でも理解ができなかった。

ただ、わからないなりに、なにかに背中を支えられているかのような、不思議な心強さを感じていた。

爽良は、ともかく心を保てているうちにと、咄嗟に辺りの雑草を摑んで抵抗する。

しかし、やはり力ではまったく敵《かな》わず、摑んだ雑草はブツブツと千切れ、爽良の体はさらに引きずられた。――そのとき。

『ワン！』

奥から突如スワローが現れたかと思うと、みるみるうちに距離を詰め、爽良を捕える腕に思いきり牙《きば》を立てた。

足はすぐに解放され、爽良は慌てて霊から離れる。

一方、スワローは霊の腕を嚙《か》んだまま放さず、逆に自分の方へじりじりと引き寄せ、やがて、――ズル、と不気味な音を響かせながら、池の中からずぶ濡《ぬ》れの男が姿を現した。

「っ……」

思わず息を吞んだ爽良を他所《よそ》に、スワローはいっさい怯《ひる》むことなく、今度は男の首元に牙を立てる。

　すると、男はどろりと濁った目を大きく見開き、そのまま、まるで闇に紛れていくかのように姿を消してしまった。

　辺りは嘘のようにしんと静まり返り、爽良は座り込んだまま呆然《ぼうぜん》とする。

「この池……、あんな怖いのが、いたんだ……」

　今さらながら恐怖が込み上げ、語尾は小さく震えた。

　すると、スワローがゆっくりと近付いてきて、まるで爽良を宥《なだ》めるかのように、頬に鼻先を擦り寄せる。

　ロンディに比べれば控えめな仕草だけれど、お陰で気持ちが落ち着き、爽良はその背中をそっと撫《な》でた。

「戻って来てくれて、ありがとう……」

　お礼を言うと、スワローは一度ぱたんと尻尾を振る。しかし、もう裏庭の奥へ向かう気配はなかった。

「私、もう歩けるよ……？」

　心配しているのだろうかと立ち上がってみせたものの、スワローはやはり動かない。

　その様子を見て、爽良は察していた。スワローが爽良に案内しようとしていた気配は、すでに消えてしまったのだろうと。

「そっか……、私が、霊に捕まってたから……」

なにせ、あの気配はとても小さく、そしていつも一瞬しか現れない。それがわかっていたのにチャンスを逃してしまったことが、無性に悔しかった。

しかし、スワローに爽良を責めるような雰囲気はなく、むしろ、まだ心配そうに見上げている。

いつもなら用が終わればすぐに消えてしまうのに、その滅多に見せない様子がなんだか新鮮で、爽良はスワローの正面にしゃがみ込んだ。

「ねえ、スワローは、あの気配の正体を知ってるの……？」

尋ねると、スワローはまるで肯定するかのように、ゆっくりと瞬《まばた》きをする。

「やっぱり、知ってるんだ……？　あと、私を呼ぶってことは、私にしかあの気配を感じ取れないから……？　だとすると、御堂さんのお母さんのような、守護霊に近い存在、なのかな……」

爽良は半分ひとり言のように問いかけながら、前に御堂から聞いた、守護霊についての説明を思い返す。

御堂も父親から聞いたとのことで、ざっくりと要約されてはいたけれど、前提として、守護霊には大きく分けて二種類あるという話だった。

まずひとつ目は、『魂はすでに浮かばれてるんだけど、遺《のこ》された人間の強い思いが故人の念を作り出す』というもの。

つまり、実際に本人の念が残っているわけではなく、あくまで御堂の言葉を借りるなら、妄想に過ぎないらしい。

　そしてもうひとつは、『故人が強い思い残しを持って実際にこの世に留《とど》まってしまった魂の一部』というもの。

　つまり正真正銘の念であり、浮かばれていないという意味では地縛霊や浮遊霊とそう変わらないが、それでも守護霊に分類される理由としては、それらが『なんの汚れもない、純粋な念』であるということ。

　守護霊は、どんなに長く彷徨《さまよ》ったとしても、他の無念に流されたり汚されたりすることがないのだという。

　なぜなら、地縛霊たちと比較して、存在自体があまりにも小さく、汚される余地すらないとのこと。

　そのぶん、ほとんどの人間に、それこそ御堂の父親でさえも視ることができない。――が、不思議なことに爽良にだけは視ることができ、さらに今回に関しては、スワローにも認識できているらしい。

　スワローがもし、爽良にその珍しい特性があることを知った上で呼びにきたのならば、例の小さな気配は、守護霊に分類されるくらいに小さく、スワローにも関わりのある誰かの思い残しである可能性が考えられる。

「やっぱり、美代子さん、かな……」

　思い浮かぶのは、やはり美代子の存在。

不自然な死に方をしたわけではないと聞いているが、心の奥底に抱えていたものまでは、誰にもわからない。

そもそも、初めて気配を感じたのは、中身が燃やされてしまった引き出しを開けた日であり、あまりにタイミングが良すぎるように思える。

「美代子さんの、思い残しか……」

爽良は、庄之助や御堂、そして依にまで料理を振る舞っていたという美代子の人物像を、改めて想像する。

しかし、そのとき。

突如、背中からふわりとダウンジャケットをかけられ、驚いて振り返ると、背後には爽良を見下ろす礼央の姿があった。

「礼央……、どうして……」

「いや、こっちの台詞《せりふ》。こんな寒い中、なにしてんの？」

礼央はそう言うと、寒そうに眉間《みけん》に皺《しわ》を寄せ、爽良の腕を引いて立ち上がらせた。

「えっ……と、その、……スワローに、呼ばれて……」

なかなか驚きが冷めず、しどろもどろに答える爽良に、礼央はやれやれといった様子で溜《た》め息をつく。

「だったら、ひと言声かけて。ノックするだけでもいいから」

「ご、ごめん……、っていうか、私は大丈夫だからダウン返すよ……。礼央が風邪引いちゃう……！」

「いや、自分がどんだけ薄着か自覚ある？　見た瞬間引いたわ」

「だって急だったし、まさか外に出るなんて思ってなくて……」

「とにかく、早く戻ろう。これ以上喋《しゃべ》ったら舌噛《か》みそうだから、部屋で話聞くよ」

「じゃあ、スワローも――」

そう言いながら振り返ったものの、すでにスワローの姿はなかった。

「あれ？　スワロー……？」

キョロキョロと辺りを見回す爽良を他所に、礼央は平然と建物に向かって歩く。

「大丈夫だよ。スワローは俺の迎えを待ってただけだから」

「え？　それ、どういう……」

「部屋から感じたスワローの気配がちょっと不自然だったから、多分呼ばれたんだと思う」

「気配で、意思疎通してるの……？」

「意思疎通って程じゃないけど、そういう感じ」

聞いても上手《うま》く想像できなかったけれど、今日もまた驚く程の鋭さを発揮した礼央に、爽良は感心する。

やがて二人は通用口から建物の中に入り、一旦《いったん》爽良の部屋へ入った。

ほんの束《つか》の間空けていただけだというのに、中はすっかり冷え切っていて、爽良は急いで電気ストーブを点《つ》ける。

するど、礼央がそれに手を翳《かざ》しながら、ほっと息をついた。

「で、なにごと？」

ずいぶん簡潔な問いだったけれど、礼央がなにを聞きたいのかは、わざわざ考えるまでもない。

「えっと……、ちょっと話は遡《さかのぼ》るんだけど、昨日御堂さんといろいろ話す中で、秘密のレシピって、美代子さんがよく作ってたローズマリーのパンケーキのことなんじゃないかって説が浮上して……」

爽良は昨日御堂と話した内容を、――美代子の定番料理としてローズマリーのパンケーキという珍しいものがあったことや、依もそれを頻繁に食べていた可能性があるということまで報告し、最後に、これまでに何度か感じた小さな気配の存在と、その正体が美代子の残留思念ではないかと予想していることまでを、一気に話した。

「――つまり、さっきはその気配を追ってたってことか。……ただ、それはともかくとして、また、この件と依さんとの関わりがさらに濃くなるような過去が出てきて、不穏だね」

すべてを聞き終えた礼央は、そう言って苦い顔をする。

「それは私も思った。……ただ、今のところ全部予想の範囲を出ていないし、どれも引き出しの中を燃やす動機には繋《つな》がらないんだよね……」

「依さんと美代子さんの間になにかあったって考えるのが一番しっくりくるけど、……でも、美代子さんが亡くなっているなら詳しく知りようがないし」

「そう、なんだけど……」

「……なんか煮え切らない反応だけど、まさか、また依さんと会って話を聞こうとか思ってないよね」

「そ、そんなこと思ってないよ……！　もっとややこしいことになるのが目に見えてるし、まともに答えてくれる保証なんてないし」

「ならよかった。それでも、万が一、依さんとの接触が必要になったときは、爽良が直接会わずに碧さんに全振りしてね」

ふいに礼央がくれた提案で、爽良は目を見開いた。

確かに、碧ならば、唯一依と自由に会うことができると。

しかし、爽良の反応から考えを読んだのか、礼央はさらに険しい表情を浮かべた。

「言っておくけど、知りたい内容が漠然としてるうちはまだ駄目だよ。それに、爽良から頼まれたってバレたら、また直接ちょっかい出しに来るかもしれないし。だから、碧さんに頼むのは本当に行き詰まったときの最終手段」

「わかってる……。それに、例の気配の正体を探ったり、レシピの再現をしてみたりとか、まだ一応やっておきたいことがあるし」

「ならいいけど。……レシピの再現っていえば、今日談話室からずっといい香りがしてたね」

「気付いてた？　今日はあまりうまくいかなかったけど、改めて試してみようってことになって。あ、そうだ、礼央も一緒にやらない？」

「いや、俺はいいや」

戻ってきた返事が想像と違い、爽良は思わず返事を忘れる。

ただ、礼央の様子はいつもと変わりなく、会話が途切れると同時に時計を確認し、立ち上がって爽良の頭にそっと触れた。

「俺はそろそろ部屋に戻るけど、風邪ひかないように暖かくして寝て」

「うん、礼央も……。私のせいで寒い思いさせちゃったし」

「ほんと、死ぬかと思った」

文句を言いながらも、口元に浮かべたかすかな笑みが、爽良を安心させる。

ただ、――戸が閉まってベッドに潜り込み、眠気がやってくる寸前まで、「俺はいいや」という礼央の返事が、頭の中を回っていた。

「――そんなの嫉妬《しっと》に決まってるじゃん」

「いえ、そんな、しっ……」

「百パー」

「…………」

二度目となるローズマリーのパンケーキの再現実験は、一週間後に叶《かな》った。

御堂は、世界各国に存在する、数々のパンケーキに似たレシピを集めたとのことで、水切りヨーグルトやリコッタチーズや米粉やタピオカ粉など、再現するための材料を大量に準備してくれていた――ものの。

片っ端から試したところで御堂は首を縦に振らず、すっかり疲れた頃に爽良がふと話題に出したのが、礼央から誘いを断られてしまった話。

御堂はそれをさも楽しげに嫉妬だと一蹴《いっしゅう》し、今に至る。

「いや、なんで固まってんの？　もはや向こうの感情はバレバレなんだし、当然でしょ」

「バレバレって言いますけど、あれは――」

「まさか兄妹愛だなんて寒いこと言わないよね？」

「………」

「嘘でしょ。マジで言う気だったの？」

「と、いうか……、よく、わからないんです」

「は？」

御堂がここまでポカンとする姿は、珍しい。

ただ、爽良としても、御堂が言いたいことはよくわかっているつもりだった。

「いえ、その、わからないのは礼央の感情の種類というよりも、……なんというか」

「まさか、恋愛感情そのものが理解し難い、的な……？」

「そこまでは……！　ただ、ずっと友達もいなくて、家族以外の身近な人間は礼央だけだったので、……解釈を間違っていないか、不安というか」

「解釈……？　ごめん、拗《こじ》らせすぎてて、もはやよくわかんない」

「ですから、万が一間違っていたとして、失ってしまったら、もう生きていけないっていうか……」

「なんか、聞きようによってはすごい大恋愛だな……」

「大恋愛……なんでしょうか？」

「俺に聞かないでよ……。わかるのは、君が想像以上に重症だってことだけで」

すっかり呆《あき》れられてしまい、爽良は肩を落とす。

もちろん、自分の悩みが中学生のレベルにも満たないことは、よくわかっていた。

もう御堂を困らせるような話はやめておこうと、爽良は無理やり気持ちを切り替え、まだ試していないレシピをタブレットに表示させる。

「変なこと言ってすみませんでした……。正直、恋愛なんて一生わからなくていいと思っていたのに、まさか、大人になって真っ向から悩むことになるなんて」

「別に、悪いことじゃないと思うけど。恋愛なんて、いつやろうが勝手じゃん」

「……ともかく、今はパンケーキを作りましょう！　次はこの、タピオカ粉を入れるレシピを試してみたいです」

「了解。でも、タピオカ粉って結局デンプンでしょ？　米粉とかとたいして変わんなそうだけど」

「ちょっとの差がものを言うかもしれませんし」

「まあね。――ちなみに、君が真っ向から悩むことになったってのは、ちょっとの差じゃないと思うけどね」

「………」

話を戻されたことに動揺し、爽良はなにも言えないままひたすら材料を量る。

御堂はその様子を見て満足そうに笑い、爽良にボウルを差し出した。

「なにせ、向こうからすれば、打てど打てど響かず……っていう不毛なステージはもう超えたわけだから」

「……パンケーキを、作りましょう」

「ちなみに、先にはっきりさせるべきは相手の気持ち云々《うんぬん》じゃなく、爽良ちゃんの気持ちだと思うけどね。ってか、逆に、嫉妬したことないの？」

「ですから、パンケーキを……」

「はは！」

御堂の言葉を強引に遮りながらも、「嫉妬したことないの？」と問われた瞬間から、爽良の心の中にははっきりと心当たりが浮かんでいた。

以前は碧に対してモヤモヤしたこともあるし、それどころか、最近にいたっては、礼央に付きまとう霊にまで複雑な感情を抱いてしまったことを自覚している。

それを碧から嫉妬だと揶揄《やゆ》されたときは必死に否定したものの、ちなみに、今もまだ違う答えを見つけられていない。

そして、――もし、あれらが嫉妬だとするなら、自分の感情はあの時点でとっくに確定していたのかもしれないと、そんな思いつきを、案外すんなり受け入れられてしまっている自分もいた。

「……確かに、ちょっとの差じゃないの、かも」

「自分で話戻してんじゃん」

「いや、……えっと」

「はいはいパンケーキの話ね。了解了解」

御堂はわざとらしくそう言うと、出来上がった生地をフライパンに流し込む。

ゆっくりと立ち上ってくる甘い香りが、心の中で絡み合うすべての悩みを、ほんの一瞬だけ解いてくれるような気がした。

――けれど。

肝心のレシピの再現に関しては、それから何枚焼き続けようとも上手《うま》くいかず、御堂は大量に出来上がった試作のパンケーキを冷凍用のファスナー付き保存袋に詰め込みながら、うんざりした表情を浮かべた。

爽良もまた、御堂が調べてくれた数々のレシピを何度も見返し、頭を抱える。

「なかなか難しいですね……」

「だね……。にしても、少しずつでも正解に近付いていけるものなんだろうって勝手に思ってたんだけど、全然だし。なにか根本的に間違ってるところがあるのかもなぁ。結局、油っこいって部分もクリアできてないし」

「ですよね。私たちが思ってる以上に特殊なのかも。……ただ、秘密のレシピが本当にローズマリーのパンケーキのことなら、難しくても納得いきますね。わざわざ〝秘密の〟って付けるくらいだから」

「確かに。簡単には解明できない美代子さん独自のコツがあるとか、隠し味があるとか、……もしくは、いくつかのレシピの合わせ技だったりとか」

「でも、そうなると……」

「何通りあるんだって話だよね。……ってなると、やっぱ味の記憶を頼りに材料を絞った方がいいんだろうけど、俺の舌、思ってた以上にアテにならなかったしな……。せめて、もう一人くらい食べたことある人が――」

御堂が不自然に言葉を止めたのは、おそらく依のことを思い浮かべたせいだろうと爽良は思っていた。

ひとたび依の名前が出ると、どんな場面であっても妙な緊張感が漂うため、御堂は意識的に避けているように感じられる。

爽良はなにも気に留めていないフリをし、ついさっきメキシコのレシピを参考に焼いた、トウモロコシ粉の入った薄いパンケーキを口に運んだ。

「これ、おいしいですね。香ばしくて素朴で、主食って感じ」

「ああ、俺も思った。ローズマリーの香りと相性がいいしね」

「簡単だったので、今度普通に作ってみようかな。……そう考えると、今日は自分でも作れるレシピがいろいろ知れて嬉《うれ》しいです」

「これだけ失敗したのにポジティブだなぁ。正直俺はしばらくいらないっていうか、この丸い形状すら見たくないくらいなんだけど」

眉間《みけん》に皺《しわ》を寄せる御堂を見て、爽良は思わず笑う。

そして、ふと、御堂がさっき言いかけてやめた「もう一人くらい食べたことがある人が」という言葉を、改めて思い浮かべた。

過去の話を聞く限り、食べたことがある人物に該当するのは御堂と依と庄之助のみだが、庄之助は亡くなっているし、依に直接聞くのは最終手段にするよう、礼央と約束している。

そうなると、頼りはやはり御堂しかいないが、当の御堂はいくつもの試作を食べ続け、もはやパンケーキを見たくもないらしい。

おまけに、レシピの再現が想定以上に困難らしいことを、まさに今日痛感したばかりだ。

爽良は、この件は思った以上に長期戦になりそうだと覚悟をしながら、鼻に抜けるローズマリーの香りを堪能《たんのう》する。——そのとき。

「もしあの小さな気配が美代子さんだったとしたら、……直接話を聞いてみることはできないのかな……」

思わず、唐突な思いつきが口から零《こぼ》れた。

御堂が手を止め、爽良を見つめる。

「……気配って、前に爽良ちゃんが感じたって言ってたやつ？　まだ美代子さん説を推してたの？」

「まだというか、どんどん強くなってます……。御堂さんのお母さんみたいに、守護霊のような存在として残っているんじゃないかなって」

「いや、母の場合は相当稀《まれ》なケースだと思うよ？　実際に目の当たりにしてる以上、あり得ないとは言わないけどさ」

御堂が言いたいことも、わからなくはなかった。

それでも、あの気配の正体についてこれ以上モヤモヤしたくなくて、爽良はせめて御堂に納得してもらおうと、さらに言葉を続ける。

「実は、もう何度も、あの気配があるときにスワローが私を呼びに来てるんです。毎回すぐに消えちゃうんですけど、御堂さんでも礼央でもなく私を呼びにきたってことは、スワローは、私にしか認識できないことがわかってるんじゃないかって思うんです。もしそうだとすると、守護霊以外に考えられなくないですか……？」

「スワローも感じ取ってるってところは母のときと違うけど、……まあ、俺らが持つ少ない選択肢の中ではそうだね」

「ただ、一週間前も夜に同じようなことがあって、そのときは、私がぐずぐずしてたせいで気配には会えませんでしたけど……、でも、もしスワローがまた私に会わせようとしていたんだとしたら、なんだか頻度が高いなって。だって、あの引き出しを開けて以来、スワローが私を呼んだのはすでに三度目ですから。……それで、引き出しと関係がある誰かの守護霊って考えたら、もう——」

「いやいや、待って、突っ走りすぎ」

御堂に遮られ、無意識に説明に熱を入れすぎてしまっていた爽良は、途端に我に返った。

「す、すみません、つい……」

居たたまれずに謝ると、御堂は肩をすくめる。

「いや、責めてるわけじゃないよ。逆に、ちょっとあり得るかもって思ったくらいだし。……とはいえ、守護霊を認識できない俺には検証しようがないから、どんなに説明されても、全力で肯定できないっていうだけで」

「そっか……、そうですよね……」

「でも、逆に言えば、否定する根拠もないんだよね。だから、次に現れたときは接触できるよう頑張ってみたらいいんじゃない？」

「え……、止めないんですか……？」

「なんで？　守護霊かどうかは置いておいて、爽良ちゃんにしか視えないくらい気配が小さい時点で危険はないいんだし。そもそも、スワローが案内してるんだから別に心配ないじゃん」

「確かに、スワローは一週間前にも池で助けてくれて……」

「は？　また絡まれたの？」

とくに隠そうと思っていたわけではなかったけれど、あまりにも素早い突っ込みに、爽良はビクッと肩を揺らした。

しかし、御堂は怒るかと思いきや、困ったように笑う。

「裏庭って、少し放っておくとすぐ面倒なのが増えるんだよなぁ。爽良ちゃんが無事ならよかったけど、危険そうな奴がいたらすぐ報告して」

「わかり、ました……」

「あまりうるさいことばっか言いたくないんだけど、くれぐれも、夜に一人で行くのはやめてね」

「も、もちろんです……」

御堂はそれだけ言うと、作業を再開する。

その様子を呆然《ぼうぜん》と見ながら、爽良は重ね重ね、御堂の顕著な変化を実感していた。

心配してくれることに関しては前から変わらないが、爽良に対する信頼の度合が、最近はほんの少し上がったような実感がある。

言うなれば、爽良の扱いが〝手のかかる来訪者〟から、〝住人〟に格上げされたかのような。

正直まだ半信半疑ではあるが、爽良としては、少しでも信頼度が上がれば気を揉《も》ませることも減り、自分自身もまた身動きがしやすくなるという気持ちがあった。

「あの、……池で霊に捕まったとき、結果的にはスワローが追い払ってくれたんですけど、なんだか少し奇妙な感覚があって」

爽良はなかば御堂の反応を試すような気持ちで、以前なら報告し辛《づら》かったことをぽつりと口にする。

前の御堂なら、爽良がそんなことを口にした途端に眉間に皺を寄せていたはずだが、今日に関しては、いたって落ち着いた様子でただ小さく首をかしげた。

「奇妙な感覚？」

やはり思った通りだと内心ほっとしながら、爽良は言葉を続ける。

「はい。上手《うま》く言えないんですけど、不思議といつもより気持ちに余裕があって。あのときは、怖いというより邪魔されて苛立《いらだ》ってましたし。なんだか、誰かに背中を支えられてるかのような心強さがあったというか」

「誰か、ねえ」

「とくに気配を感じたわけじゃないんですけど、……あ、でも場所が池ですし、この間浮かばれた、長谷川吉郎《はせがわよしろう》さんや道郎《みちろう》さんが手伝ってくれたのかな……」

思い返していたのは、爽良が前に池で遺品捜しを手伝った、長谷川兄弟の存在。優しい二人なら、爽良に手を貸してくれても不思議ではないと。

しかし、御堂はあっさりと首を横に振った。

「もちろん二人とも、君には感謝してると思うよ。けど、何度も言うように、守護霊みたいな念の残り方はそうそうしないからさ」

「それはわかってるんですけど、でも、だったら……」

「っていうか、余裕があったのは君が経験を積んだからじゃない？」

「え……？」

「できないなりに、一生懸命自分を貫いた成果だと思うけど。つまり、君を支えてたのは、君自身」

どうやら褒められているらしいと気付いたのは、御堂が穏やかな笑みを浮かべた瞬間のこと。

さすがに過大評価だと困惑する一方で、勝手に込み上げてくる嬉《うれ》しさが、みるみる顔の熱を上げた。

「そんな、ことは……」

「その顔で謙遜《けんそん》されても」

「……………」

意地悪なところだけはあまり変わっていないようだと、爽良は手のひらで顔を扇《あお》ぐ。

するると、御堂はようやくパンケーキを冷凍庫に詰め終え、いまだ動揺が冷めない爽良の背中をぽんと叩《たた》いた。

「まあ、そういうわけで、ひとまず気配の正体を確かめてみたらいいよ。正直、俺も気になるし」

「わ、わかりました」

「しつこく念を押しておくけど、夜に裏庭に出るのは、スワローが呼びに来たときだけね。あと、そのときは声かけて。……俺でも上原くんでも、好きな方に」

「……は、はい」

やたらと含みのある語尾を、爽良は今度こそ動揺を見せないようにと必死に平静を装って受け流す。

御堂はそれをさも楽しそうに笑いながら、ふと時計を確認して眉《まゆ》を顰《ひそ》めた。

「あー、やば。そろそろ出ないとな」

「この後、用事があるんですか？」

「親父に呼ばれてるんだ。法事が重なって手が回らないんだって。パンケーキの再現はまた改めてやろう。……俺にまた、大量のパンケーキと向き合うだけの気力が戻ってからになるけど」

「かなりの量を食べてもらいましたもんね……。急ぐ必要もないので、しばらく経ってからで全然大丈夫です」

「ありがとう。ただ、本当に例の気配が美代子さんだったとして、接触どころか会話が叶《かな》った場合は、こんな地道なことしなくてもすべて解決なんだけどね」

「本当にそうですよね」

「とはいえ、あまり気を張りすぎずに。あと、――俺を選んでもいいからね」

「え……？」

「さっきは冗談っぽい言い方したけど、スワローが呼びにきたときに着信だけ入れてくれたら、すぐに行くから」

御堂の声色があまりに真剣だったせいで、気配捜しの件だと理解するまでずいぶん時間がかかってしまった。

「あ、……えっと、ありがとうございます」

慌てて頷《うなず》くと、御堂は爽良に手を振り談話室を後にする。

その背中を目で追った後、爽良はひとまず気持ちを落ち着かせるため、ゆっくりと深呼吸をした。

しかし、辺りにまだしっかりと余韻を残すパンケーキの香りのせいか、なかなか上手くいかなかった。

ようやく待ちに待った瞬間がやってきたのは、それからさらに十日が経った、ある夜のこと。

眠る寸前にふと気配を感じて目を開けると、目の前に、前回と同じく爽良をじっと見つめるスワローの姿があった。

その姿を見るやいなや一気に覚醒《かくせい》し、爽良は勢いよくベッドから起き上がる。

そして、前回の反省をもとに扉の近くに掛けっぱなしにしていた上着を羽織り、スワローとほぼ同時に部屋を出た。

その後、廊下を西側に進んでいくスワローの姿を確認しつつ、爽良は一旦《いったん》礼央の部屋の部屋の前まで行き、強めにノックをする。

もし起きてこなければ御堂に着信を入れようと思っていたけれど、礼央は爽良をほとんど待たせることなく、すぐに顔を出した。

「礼央、あの、今……！」

「わかってる。行こう」

ずいぶん乱暴な呼び出し方をしたというのに、礼央はなにも聞かずにダウンに袖《そで》を通し、スワローの後を追う。

目的の気配が現れる瞬間は貴重であり、少しの時間も惜しい爽良にとって、それはとてもありがたい対応だった。

やがてスワローは通用口の前で立ち止まり、爽良たちの様子を窺《うかが》うように一度振り返ると、戸をすり抜けて裏庭へ向かっていく。

爽良と礼央は顔を見合わせ、その後を追った。

間もなく池に差し掛かると、また霊に捕まらないようにという配慮か、礼央は爽良の手を引きいくぶん歩調を速める。

辺りは暗く、視界は決してよくないが、それでも目線の先にはまだスワローの後ろ姿が確認でき、追跡は前よりもずっと順調だった。

そんな中、爽良の頭に浮かんでいたのは、目的地は例のローズマリー畑ではないかという推測。

だとすれば、気配の正体はローズマリー畑に縁の深い美代子で間違いないだろうと、爽良は密《ひそ》かに確信を持った。

そもそも、改めて記憶を辿《たど》ってみれば、例の気配の存在に初めて気付いたのはキッチンであり、やがて廊下に移動し、そして裏庭と、少しずつローズマリー畑に近付いている。

ふと、――接触したいと思っていたのは自分だけではないのかもしれないと、ひとつの可能性が頭を過《よぎ》った。

小さな念なりに、爽良になにかを訴えようと必死なのではないかと。

そう思うと余計に気持ちがはやり、爽良は無心で裏庭を進む。

そして、ようやくスワローが足を止めたのは、やはり、ローズマリー畑だった。

爽良と礼央は顔を見合わせ、鍵《かぎ》とメモを発見した小さな立て看板の前まで歩く。

夜遅いというのに、まるでローズマリーの花々が発光しているかのように、周囲はぼんやりと明るく見えた。

「幻想的……」

どこか現実味のないその光景を、爽良はぼんやりと眺める。

求めていた気配は今のところ見当たらないが、大人しく座っているスワローの様子から、ここで待てという意味だろうと爽良は理解していた。

礼央も同じ考えなのだろう、とくに焦る様子はなく、腰のあたりまで茎を伸ばしたローズマリーにそっと触れる。

「にしても、ここのローズマリーは野性味が強いっていうか、やたら大きいし、たくましいよね。どれだけ放っておいたらこうなったんだろう」

そう言って首をかしげる礼央があまりにも普段通りで、爽良はつい笑った。

「美代子さんが植えたんだとして、庄之助さんより一年早く亡くなってるっていう話だから、最低でも二年弱くらいは放置されてるはずだよ」

「逆に、たった二年弱でここまで増えるのか。そもそも、株って勝手に増えるの？」

「ううん、株は挿し木でもしない限り増えないと思うから、最初からたくさんの株を植えたんじゃないかな」

「だとしたら、ちょっと植えすぎじゃない？　いくら土地が余ってるからって」

「………」

「爽良？」

思わず黙ってしまった理由は、礼央が零《こぼ》したなにげない感想が、妙に引っかかったからだ。

というのは、礼央が言った通り、ここのローズマリーは大きいだけでなく、ごく自然に〝畑〟と表現してしまうくらいに株が多い。

かたや、ウッドデッキの横のローズマリーは、まだ十分スペースがあるにも拘《かかわ》らず、たった一株のみ。

そもそも、料理に使う量は多くなく、前に御堂と大量のパンケーキを焼いたときですら、さほど使わなかった。

そう考えると、裏庭のローズマリーはあまりにも多い。

「もしかして、こっちのローズマリーを植えたのは、……美代子さんじゃない、かも」

「え？」

ふと過った思いつきが思わず声に出てしまい、礼央が眉根《まゆね》を寄せる。

爽良の頭の中では、整理が追いつかないくらいの勢いで、みるみる違和感が膨らみはじめていた。

「だって、あまりにも――」

言いかけたものの、言葉は中途半端に途切れる。

なぜなら、まさにその瞬間、探し求めていた気配が現れたからだ。

しかし、それは相変わらず小さく、今にも見失ってしまいそうで、爽良は慌てて周囲に視線を彷徨《さまよ》わせる。——そのとき。

目線の先に突如、膝《ひざ》を抱えて小さくしゃがみ込む、体の透けた女性の姿が浮かび上がった。

背を向けているせいで顔を確認することはできないが、小柄な体格や白髪交じりの髪から判断するに、少なくとも爽良の知る人物ではない。

ただ、そのとき爽良の頭に浮かんでいたのは、あの人こそ美代子本人ではないかという思いだった。

むしろ、この状況で現れる存在として美代子以外に考えられず、ついに会えたと、爽良は咄嗟《とっさ》に礼央がいた方向へと視線を向ける。——けれど。

そこに礼央の姿はなく、それどころか、スワローすらどこにも見当たらなかった。

——礼央……？　スワロー……？

名を呼んだつもりが上手《うま》く声にならず、しかしその瞬間、爽良の頭にひとつの可能性が浮かぶ。

この妙にふわふわした独特な感覚は、誰かの意識の中に引き込まれたときに感じるものと、まったく同じだと。

つまり、今目の前に広がっている光景は、誰かの、——おそらく今目の前にいる美代子の意識に見せられている記憶の一片だろうと、爽良は思う。

もちろん不安も戸惑いもあったけれど、美代子との接触は念願であり、この機会を絶対に無駄にはできないと、爽良は自分に言い聞かせた。

しかし、当の美代子はしゃがみ込んだまま両手で顔を覆い、背中を丸めて肩を震わせている。

もしかして泣いているのではないか、と。そう思い立った瞬間、胸がぎゅっと締め付けられた。

守護霊とは、恨みや無念を抱えて留《とど》まっている存在ではないはずなのにと、その悲愴《ひそう》感漂う姿を見ながら浮かんできたのは、無視できない疑問。

それと同時に、ふと、現実の風景との大きな違いに気付いた。

それは、ついさっきまで辺り一面に植えられていたはずのローズマリーが、ここにはまったく存在していないこと。

もっと言えば、爽良の視点がさっきまでと比べてずいぶん低く、周囲の木々がやけに大きく感じられた。

わけがわからないまま辺りを見回していると、ふいに視界が前方へと移動し、次第に美代子のすぐ側へと近寄る。──そして。

『どうして泣いてるの？　なにが悲しいの？』

まだ幼さの残る少女の声が、自分の口から勝手に零れた。

その瞬間、異様に低い視点はこの少女のものだったのだと、爽良は察する。

だとすれば、爽良にこの記憶を見せているのは美代子ではなく、少女だと考えた方が自然だが、あまりに想定外の展開に、頭がなかなか付いていけなかった。

しかし疑問は解消されないまま、少女は突如小さな手を伸ばし、美代子の背中に優しく触れる。

かたや、美代子は両手で顔を覆ったまま、ゆっくりと首を横に振った。

『……あなたの心が、とても心配なの』

返されたその言葉に、爽良は妙な胸騒ぎを覚える。

なにかを責めるでも悲観するでもないその返答が、幼い少女に伝えるにしてはずいぶん漠然としているように思えたからだ。

しかし、突如美代子が裏庭の隅を指差した瞬間、――爽良は、衝撃的な事実を察した。

指差された先にあったのは、元は小動物だったと思《おぼ》しき、残酷に殺されたたくさんの死骸《しがい》。

それらはまるで物のように積み上げられ、息を呑《の》むような光景に、爽良の頭は真っ白になった。

かたや少女は、さもわずらわしそうに肩をすくめる。

『だって、美代子さんが大切に育ててた苺《いちご》を全部食べたんだよ。そんなことされたら殺したくもなるでしょ』

そのあまりに淡々とした、いっさい悪びれる様子のない口調に、爽良は、全身から一気に血の気が引いていくような恐怖を覚えた。

そして、その瞬間に、爽良は勘付く。

この無邪気さと底冷えするような残酷さからして、——この少女は、おそらく、依に違いないと。

だとすれば、美代子が鳳銘館で依にこっそり食事を作っていたという、御堂から聞いた話とも辻褄《つじつま》が合う。

ただ、こんな光景を見ることになるなんて想像もしていなかった爽良は、いきなりの依の登場にただただ混乱していた。

そんな中、依はやれやれといった様子で美代子をぎゅっと抱きしめる。

『ねえ、機嫌なおして』

『……お願いだから、もう二度とこんなことしないで』

『じゃあ、苺を盗まれても無視するってこと？　毎日一生懸命お世話したのに、そんなの馬鹿みたいじゃん』

『苺なんて、どうでもいいから』

『……そんなに騒ぐ程のことかな』

『あなたは、自分が奪ったものの大きさがわかってない……』

『ああもう、わかったって。……わかったから、そんなことより早くご飯にしようよ。お腹すきすぎてどうにかなりそう』

なんと不毛で嚙《か》み合わないやり取りだろうと、爽良は思う。

傍《はた》から見ていても、泣いて訴える美代子の思いが依に響いているとは、とても思えなかった。

しかし、美代子はもうそれ以上食い下がることなく、無気力な動作でゆっくりと立ち上がる。

そして、動物の死骸にもう一度視線を向け、苦しそうに瞳《ひとみ》を揺らした。

『……あとで、お墓を作ってあげないと』

まるでひとり言のような呟《つぶや》きだったけれど、依はそれに敏感に反応し、眉間《みけん》に皺《しわ》を寄せる。

『いつも思うけど、お墓なんて意味ある？　死んだ後にあんな石の中に閉じこもってる魂なんていないよ？』

『残された人間にとっては、意味があるのよ』

『へぇ。別にいいけど、私そういうの嫌い。……ねぇそれより、苺の代わりに他のもの植えない？　っていうか、私が植えてもいい？』

『なにを、植えるの』

『まだ内緒！　ヒントはね……、美代子さんの得意料理の材料！　私もお気に入りだし、一生食べられるくらいたくさん植えようかなって！』

『構わないけど、……もう、鳥や動物が好まないものにして』

『わかってるって。しつこいな、その話』

依は美代子の注意を軽く流し、さも機嫌よさそうに美代子の手をとって鼻歌を歌いながら建物へ向かって歩く。

しかし。

『……ちなみに、美代子さんだって私とそう変わんないから。だってさ、――殺したいんでしょ？』

ついでのように呟いた物騒な言葉で、爽良の心臓がドクンと大きく鼓動を鳴らした。

美代子はなにも答えず、ただ、依と繋《つな》がる手が大きく震えはじめる。

それは、あまりに意味深な一幕だった。

けれど、今の爽良にはそれらを追及する術《すべ》などなく、しかも、そんな局面で突如視界が曖昧《あいまい》に歪《ゆが》みはじめる。

これは意識が戻る前触れだと、爽良は察していた。

ただ、正直、今戻るには情報があまりにも足りなかった。

記憶を覗《のぞ》くことで知れたことも多いけれど、逆に、もっと不可解な謎が増えてしまったからだ。

ローズマリー畑で庄之助の伝言を見つけたときは、まるで物語に入りこんだようでワクワクしたというのに、今やすべてが不穏に感じられてならなかった。

意識を戻すと、正面には心配そうに爽良を見下ろす礼央の姿があった。

「礼央……？」

「爽良、よかった……」

名を呼ぶと、礼央はほっとしたように瞳を揺らす。

頭はまだぼんやりしていたけれど、ふわりと鼻を掠《かす》めた木々の香りから、まだ裏庭にいるらしいと爽良は察した。

おそらく、意識を失っていたのはほんの短い間だったのだろう。

ただ、それにしては全身がぐったりと重く、上半身を起こすと頭に鈍い痛みが走った。

「私、どれくらい……」

「ほんの数分だけど、なにかやばいもの視た？」

「え……？」

「なんか、震えてるから」

そう言われ、爽良は自分の体が小さく震えていることに気付く。

同時に、さっき見せられたばかりの、不穏で、悲しく、残酷な光景が、脳裏に鮮明に甦《よみがえ》った。

「昔の美代子さんを、見たの……。けど、私が引き込まれたのは、美代子さんの意識じゃなくて、多分——」

名前を出すのがなんだか怖くて、爽良は一瞬躊躇《ためら》う。

ただ、言葉を止めた途端に、自分の中だけにはとても留めておけない様々な感情が、体の奥から突き上げてくるような感覚を覚えた。

「……依さんの意識、だと思う」

その名を口にすると、礼央は眉《まゆ》を顰《ひそ》める。

「依さんって……、生きてる人の意識に入ったってこと？」

その疑問も無理はなかった。

霊の無念でも守護霊の記憶でもなく、生きている人の意識を覗くなんて、爽良自身もあり得ないことだと思っていたからだ。

しかし、実際に見てしまった以上、もはや疑いようがなかった。

「私の視点が、幼い頃の依さんだったから……」

「……なるほど」

礼央は頷《うなず》きながらも、おそらく困惑しているのだろう、しばらく黙って考え込む。

しかし、ふと遠くからスワローの吠える声が響いた瞬間、我に返ったように瞳を揺らし、爽良の腕を引いて立ち上がらせた。

「とりあえず、戻ってから話を聞くよ。スワローがさっきからあちこちで吠《ほ》えてるから、変な気配が増えてきたのかも」

「わ、わかった」

爽良は頷き、礼央に手を引かれるまま裏庭を後にする。

歩きながらふと振り返ると、ローズマリーの小さな花々が、暗闇にぼんやりと浮かび上がって見えた。

何度見ても幻想的な風景だと爽良は思う。

ただ、あの記憶を見てしまった爽良の目には、なんだか不吉なものに映っていた。

部屋に戻ると、爽良は見たものすべてを礼央に話した。

美代子が泣いていたことや、動物を殺したことを平然と話す依の様子、そして噛み合わない会話。

さらに、あの場所にローズマリーを植えたのは、会話から推測するに美代子でも庄之助でもなく依であり、依がお気に入りだと語っていた美代子の得意料理とは、やはりローズマリーのパンケーキのことではないかという推測も。

礼央は、上手《うま》くまとめられない爽良の説明を静かに聞いていたけれど、意識が戻る寸前に依が美代子に言った「殺したいんでしょ？」という言葉に関しては、わずかに動揺を見せた。

「なんか、いかにもやばそうな会話だけど」

「私も、すごく嫌な予感がして……」

「そもそも、思ってたイメージと違うっていうか……」

「イメージ？」

「美代子さんが依さんにこっそりご飯を作ってたって話を聞いたときは、もっと微笑ましい関係を想像してたんだけど、なんか、……爽良から聞いた話だとさ」

最後は少し言いにくそうだったけれど、爽良には、礼央の言わんとすることがよくわかっていた。

あまりに奔放な依と、それをどこか容認している美代子。そして「美代子さんだって私とそう変わんない」という言い方から連想されるのは、決して微笑ましい関係性ではなかった。

「たとえば、……共犯関係、とか」

つい思いついたままを口に出してしまい、礼央が瞳を揺らす。

「共犯……？」

「ご、ごめん、……発想が極端すぎるよね」

さすがに不用意な発言だったと慌てて首を横に振ったものの、礼央はそれを否定せず、さらに険しい表情を浮かべた。

「いや、俺も近いことを考えてた。依さんの残酷さばかりに気を取られていたけど、当時の美代子さんには、殺したい相手がいたってことだよね」

「……それは、そうかもしれない、けど」

曖昧な返事をしながらも、爽良は、鮮明に思い出していた。

依から「殺したいんでしょ？」と問われたときの美代子は、酷《ひど》く怯《おび》えてはいたけれど、否定はしなかったと。

みるみる不安が込み上げる爽良を他所《よそ》に、礼央はさらに言葉を続ける。

「しかも、そのことを依さんが知ってるってなると、協力関係にある可能性は十分にあるよね。というか、依さんが持つ異常な能力を考えると、協力を申し出たってニュアンスの方が近いかもしれないけど」

「で、でも、協力って、ことは……」

「その美代子さんが殺したい相手って、もしかしたらもう——」

「待って……」

思わず礼央の言葉を遮ったのは、その先を聞く勇気がなかったからだ。

途端に、礼央は我に返ったかのように瞳《ひとみ》を揺らす。

「ごめん、……今度は俺が先走った」

謝りながらも、礼央に発言を撤回する気はないようだった。

むしろ、爽良も怖いながらに、その可能性は十分にあると、ひたすら物騒な方向へ向から推測に確信を持ちはじめていた。

不安がみるみる込み上げ、爽良は震え出した手をぎゅっと握る。

しかし、そのときふいに、礼央がうんざりしたように天井を仰いだ。

「ただささ、……たとえ今の話が全部合ってたとしても、結局のところ庄之助さんが爽良にどうしてほしいのか、俺には全然わからないんだよね。当時の二人が共謀してなにか怖いことをやってたとしても、所詮《しょせん》はもう過ぎたことだし、今さら事実を変えることなんてできないじゃん。とはいえ、庄之助さんからの伝言は、いかにもこの件を掘り返せと言わんばかりだし。……いったいなにを望んでるんだろうね」

確かに、礼央がぼやいた通りだった。

過去を知ったのはいいが、庄之助がなにを望んでいるのかは、いまだにまったくわかっていない。

爽良がなにも言えないでいると、礼央はさらに言葉を続ける。

「あのさ。今回の件は、もうここまででいいんじゃないの。別に、無理にこれ以上踏み込まなくても。……なんだか俺、嫌な感じがする」

その声には、深い心配が滲《にじ》んでいた。

いっそのこと、頷いてしまいたいと爽良は思う。

けれど、ここまで踏み込んでしまった以上、今さらすべてを知らなかったことにして日常に戻るなんて、とてもできなかった。

なにより不可思議なのは、今も裏庭に、美代子と思《おぼ》しき守護霊と、爽良に過去を見せた依の念が残っているという事実。

微笑ましい関係性でないことは確かなのに、二人が同時に、しかも同じ場所に存在しているということに、爽良は強い違和感を覚えていた。

「私も、すごく嫌な感じがしてるんだけど、……でも、まだなにかやれることが、……というか、私にしかできないことがあるんじゃないかって思うと……」

心に浮かんだままを伝えると、礼央が瞳を揺らす。

「でも、これ以上深追いしたら、聞くに堪えない事実を知るかもしれないけど、いいの？」

いかにも不穏な確認に、爽良の心臓が不安げな鼓動を鳴らしはじめた。

「聞くに堪えない、事実……」

「さっきは最後まで言わなかったけど、俺は、二人が当時、誰かを殺すために共謀してたんじゃないかと思ってる。ついでに言えば、……あの依さんが、躊躇ったり失敗したりは、まずしないだろうって」

今度こそはっきりと言葉にされ、心がずっしりと重くなる。

ただ、それでもなお、爽良の決意が揺らぐことはなかった。

足を踏み入れたのは美しい物語どころか残酷な現実だったけれど、ここで立ち止まってしまえば、もう二度と先には進めないと思ったからだ。

「だとしても、……全部知りたい。もし私になにかできることがあるとしても、知らないと、なにも始まらないと思うから……」

語尾は、少し震えた。

けれど、すべて、本音だった。

礼央はずいぶん長く黙り込んだ後、やがて、小さく頷《うなず》く。

「……まあ、そう言うよね、爽良は」

「ごめん」

「いいよ、この先も俺を巻き込んでくれるなら」

「礼央……」

「いいの？　とか聞かないでね、今さら」

困ったように笑う礼央の表情には、張り詰めた心を緩ませてくれるような安心感があった。

「ありがとう……」

込み上げるままお礼を言うと、礼央は爽良の頭にそっと触れる。

「ともかく、……まずは、御堂さんが知ってることを全部聞きに行こう。爽良がさっき見たような物騒な過去についてはあまり知らなそうだけど、爽良が記憶を見た当時の美代子さんの様子を覚えてるかもしれないし」

「そう、だけど……、でも、どうして知らないって思うの？」

「だって、そんなやばい過去があることを把握してたなら、美代子さんの話題が出たときに、平然と懐かしがってなんていられないでしょ。あの人結構わかりやすいし、絶対、もっと動揺してたはず」

「わかりやすい？……御堂さんが？」

まさかの言葉に、つい大きな声が出た。

しかし、礼央はあっさりと頷き、さらに続ける。

「あの人の方が、爽良よりもよっぽどわかりやすいよ。それに、もし知ってたなら、爽良には絶対に関わらせないようにしてたと思う。でもあの人、逆に自分から関わってきたし」

「言われてみれば……。最初はちょっと迷ってたみたいだけど、結局かなり協力してくれてる……」

「しかも、この件には、あの人が頑《かたく》なに避けてる依さんが関わってることを承知の上で、だよ？　そう考えると、御堂さんにも当時の美代子さんのことでなにか引っかかってることがあるんじゃないかなって」

「そう、……なの、かも」

「それを、全部吐かせたい。今回はただでさえ情報源が少ないんだから」

礼央の推察力に、爽良はただただ感心していた。

お陰でやるべきことが明確になり、混沌《こんとん》としていた気持ちがわずかに落ち着きはじめる。

「じゃあ、早速明日、御堂さんに聞きに行こう……」

そう言うと、礼央は頷き、時計を確認して立ち上がった。そして。

「あとさ、美代子さんと思われる守護霊も数少ない情報源のひとつだから、次に現れたらまた呼んで。今回は先に依さんの念に捕まったみたいだけど、次こそ接触できるかもしれないし」

「わ、わかった……」

「もし起きなかったら部屋に勝手に入っていいから、必ず、俺を呼んでね」

「……うん？」

「あの人じゃなくて」

「…………」

サラリと言われた礼央の念押しに、一気に頬が熱を上げた。

しかし、礼央はそれだけ言い残してすぐに部屋を後にし、幸いというべきか、赤くなった顔を見られることはなかった。

少しずつ動揺が冷めていく中で、礼央はもしかして、御堂とパンケーキを作ったときの会話を聞いていたのだろうかと、爽良はふと思う。

同時に思い出したのは、あの会話の最後に御堂が浮かべた、やけに意味深な笑み。

その途端、――御堂はあのとき礼央が近くにいると気付いていたのかもしれないと、だから、いたずらに煽《あお》ったのではないかという推測が浮かんだ。

礼央を面白がっている最近の御堂なら、正直、やりかねないと。

ただ、そんな御堂を不満に思う半面、まんまと煽られているらしくない礼央のことを思うと、胸が締め付けられた。

そして、――礼央が抱えた感情はもしかして、ここ最近爽良を立て続けに悩ませたものと同じだろうか、と。

密《ひそ》かに、そんな妄想をしてしまっている自分がいた。

「――前にも言ったけど、そもそも俺は美代子さんが依に食事を作ってたこと自体、ずいぶん後で知ったからね」

翌日、爽良たちは庭作業をする御堂のもとへ行き、まず、昨日爽良が見たものを話した。

ただ、御堂は礼央の予想通り、美代子と依が共謀していた事実などまったく知らない様子で、口にしたのが先の台詞《せりふ》。

そんな御堂に対して、礼央は眉《まゆ》を顰《ひそ》めた。

「なんか、ずいぶん余裕だね。世話になってた人と妹が物騒なことをしてたかもしれないのに、驚かないの？」

すると、御堂はふと作業の手を止め、礼央にどこか冷めた視線を向ける。

「驚いてないわけはないけど。ただ、美代子さんが亡くなった後に、依との間に交流があったって聞かされた時点で、なにが起きててもおかしくないとは思ってたから」

その声からかすかな苛立《いらだ》ちが伝わり、爽良は思わず息を呑《の》んだ。

「あ、あの……、では、美代子さんの様子がおかしかったとか、……情緒不安定な時期があったとか、そういう覚えは……」

慌てて別の質問を口にすると、御堂は少し考え、わずかに視線を落とす。

「時期っていうか……、情緒は割と不安定だったよ。まだ子供だった俺の前では必死に繕おうとしてたけど、そもそも、鳳銘館にやってきた理由が理由だし」

「確か、娘さんを亡くしたから、とか……」

「うん。……ちなみに轢《ひ》き逃げでね。犯人は、見つからず終《じま》い」

「え……？」

「憎かっただろうね、犯人のこと。……殺したいくらいに」

その瞬間、爽良は、頭の中でなにか重要なことが繋《つな》がったような感覚を覚えていた。

たちまち頭を巡ったのは、礼央が昨日口にしていた「二人が当時、誰かを殺すために共謀してたんじゃないかと思ってる」という言葉。

さらに、「殺したいんでしょ？」という依の問いかけを否定しなかった、美代子の様子も。

やはり、そうなのだろうか――と。

できれば間違っていてほしいと願っていた怖ろしい推測が、爽良の中で一気に確度を高めていく。

そんな中、礼央はあくまで冷静に、御堂への問いを続けた。

「つまり、依さんがその恨みを代わりに晴らした可能性があるってことだよね」

それに対し、御堂はとくに迷う様子もなく頷いてみせた。

「まあ、犯人は今も見つからず終いだけど、……依によって、法律以外の裁きをすでに受けてるかもね」

「つまり、殺したってこと?」

「俺はなにも知らないよ。……でも、依ならやりかねない。あいつは、そういうことを平気でやるから。それに、高い霊能力を利用して、俺や親父にも理屈がまったくわからないような、妙な術を次々と開発してるみたいだし。たとえば、――キッチンの引き出しの中もそう」

それは、妙に説得力のある説明だった。

爽良はもちろん、さすがの礼央も黙り、辺りはしんと静まり返る。

すると、御堂がふたたび作業の手を動かしながら、さらに言葉を続けた。

「……ただき、爽良ちゃんも過去に起こった物騒な事実の全貌《ぜんぼう》を明るみに出そうなんて思ってないんでしょ? まぁしようったって、依のことだから完璧《かんぺき》に事故を偽装してるだろうし、そもそも霊能力で殺したなんて証明のしようがないけど」

その言葉で、爽良はハッと我に返る。

あまりに衝撃的な話を聞いたせいで頭から飛んでしまっていたけれど、確かに、爽良は当時に起きていた出来事の詳細を追及したいわけではなかった。

「私は、ただ、庄之助さんが私になにをしてほしいのか、知りたいだけです。私に残した伝言には、やっぱりなにか意味があるはずだと思って。……取り返しのつかない過去の出来事を私に知らせたいだけなんてこと、庄之助さんに限って、あり得ないと思うので……」

そう言うと、御堂は頷《うなず》き、しかし険しい表情を浮かべた。

「まあ、俺もそう思うんだけど、……今回ばっかりは、本当にわけわかんないんだよな。単純にもっと手がかりが必要だけど、俺が小さな気配を認識できないぶん、完全に爽良ちゃん頼みになるし。……しかも、昨日は依の記憶を見たんでしょ？　守護霊に続いて、すごいことするよね」

「そのことなんですけど……、そもそも、まだ生きてる人の念が残ってたり、その記憶が追体験できたりするなんてことは、あるんですか？」

ちょうど気になっていた話題が出て、爽良は、昨日から引っかかったままだった疑問を尋ねる。

しかし、御堂は曖昧《あいまい》に首を捻《ひね》った。

「それも多分、爽良ちゃん特有のものじゃないかな。生きてる人間の念って、つまり残留思念のことだと思うんだけど、……いわゆる〝生き霊〟の部類ね」

「生き霊……」

「ただ、生き霊も守護霊と同じく存在自体が小さいし、鮮明な記憶を他人に見せるなんてこと、いまだかつて聞いたことがないから。……ただ、現に起きたってことは、依の能力の高さと、守護霊すら視える爽良ちゃんの体質が上手《うま》く合致したってことなのかもしれないけど」

「やっぱりそれも、滅多にないことなんですね……。でも、だとしても、依さんの残留思念が、どうして裏庭を彷徨ってるんでしょうか」

「それに関しては、まったく想像がつかない。しかも、聞く限り、お世辞にもいい思い出だとは思えないし」

「です、よね……」

「あとは、美代子さん側の記憶も見てみたいところだよね。そっちはそっちで裏庭にいるってのがなんだか妙だし。……わざわざ、依の残留思念が彷徨ってる場所に」

確かに、御堂の言う通りだった。

依の記憶から判断するに、二人の間では圧倒的に依が強者であり、むしろ美代子は依に怯《おび》えていた。

少なくとも、死んでもなお一緒にいたいと望むような仲であるとは思えず、美代子が依の気配がある場所を好むとは考えにくい。――そのとき。

「……思うんだけどさ。美代子さんが、地縛霊じゃなく守護霊のような無害な存在になってるって時点で、すでに無念や恨みのような強い思い残しはないってことだよね。だったら、それこそなにが気になって残ってるんだろう。娘さんも、優しくしてくれた庄之助さんも、ここにはもういないのに」

礼央がふと零《こぼ》した疑問で、爽良はさらに混乱した。

「そう、なんだよね……。恨みや無念じゃないっていう部分が、逆に……」

「あと、こう言っちゃなんだけど、娘さんを殺した犯人を依さんに頼んで殺してもらったとして、それに関する後悔もないってことでしょ？……なんか、美代子さんの人物像がどんどんわかんなくなってくるわ」

「それは……」

言い方はともかく、納得できる部分も多く、爽良は口を噤《つぐ》む。

しかし、そのとき。

「そんなに変？」

御堂が静かにそう言い放った。

視線を向けると、御堂はさらに言葉を続ける。

「大切な人を殺されて、犯人に復讐《ふくしゅう》したいって思わない人なんているのかな」

「……御堂、さん」

「犯人が死んで後悔がないって、そんなに異常？　むしろスッとしてもいいくらいじゃない？　少なくとも責めるようなこと？」

御堂はおそらく、母親が亡くなったときのことを思い返しているのだろうと、爽良はすぐに察した。

母親が守護霊になったと知り、ずいぶん気持ちが落ち着いたように見えるけれど、母親を死に追いやった悪霊への怒りに関してはまた別の話なのだろうと。

かけるべき言葉が見当たらず、爽良は黙り込む。

しかし、礼央はやや面倒そうに溜《た》め息をついた。

「あのさ。まず俺は、あくまで前提として、相応の理由があれば人を殺していいなんて思ってないんだけど、ただ、それはまた別の話だし、誰が誰をどう思おうが勝手だと思ってるよ。誰を殺したいと思おうが、責めるつもりもないし。だから、さっきのは単純に、美代子さんに持ってたイメージが違ったってだけの話。こっちは本人を知らないぶん、勝手に想像を膨らませてるわけだから」

その冷静な説明に、御堂は我に返ったかのように瞳《ひとみ》を揺らす。

「いや、……まあ、そうか。ごめん、ちょっと過剰に反応したわ」

ハラハラしていた爽良は、その言葉を聞いてほっと胸を撫《な》で下ろした。

礼央もまた、小さく肩をすくめる。

「別にいいけど、あんたはまた前みたいに物騒なこと考えないでね。少なくとも、爽良と関わりがある間は」

「……なんかそれ、爽良ちゃん以外はどうでもよさそうな言い方だけど、君、最近開き直ってない？」

「近くに面倒な人がいると、どうしても」

「それは俺の台詞《せりふ》でもあるけどね。……ともかく、庄之助さんが爽良ちゃんになにをさせたいのかは俺にもわかんないから、引き続き様子見だね。ひとまず、美代子さんの気配がまた出てきてくれるのを待つしかないかも」

「ですよね。……礼央ともそう話していて」

「あまり焦らず気長に……、あ！」

会話が終わりかけたタイミングでいきなり大声を出した御堂に、爽良はビクッと肩を震わせた。

「ど、どうしました……？」

動揺しながら尋ねると、御堂は建物の三階の方に視線を向ける。

「そういえば、碧には話聞いた？」

「碧さん……？　でも碧さんって、美代子さんとの接点は……」

「いや、美代子さんとはないけど、依とは結構会ってるからさ。美代子さんのこともいろいろ聞かされてるだろうし、今二人が裏庭にいるヒントになるようなことも聞けるんじゃないかなって」

「あ……、なるほど……」

確かに、碧は依からずいぶん懐かれていて、碧が呼び出せばあっさりと姿を現すらしい。

美代子の人間関係ばかり考えていたせいで盲点だったけれど、つまり、碧は依ともっとも高い頻度で会っている人物と言える。

「聞いてみます！」

爽良は勢いよく返事をすると、御堂にお礼を言って早速建物の中に戻り、礼央と一緒に三階へ向かう。

そして、三〇七号室のドアをノックすると、すぐに碧が顔を出した。

ただ、ずいぶん多忙らしいということは、リビングのテーブルに雑然と積まれた資料と、それらに埋もれるようにして置かれている、大量のウィンドウが開かれたパソコンの画面を見れば一目瞭然《いちもくりょうぜん》だった。

「す、すみません、忙しいですよね……」

我に返った爽良は、突然押しかけてしまったことを慌てて謝る。しかし。

「仕事なら後で手伝うから、ちょっと時間くれない？」

礼央は引くどころか、そう提案した。

その瞬間、碧は疲れの滲《にじ》んでいた目をパッと輝かせる。

「え、嘘、いいの……？」

「で、聞きたいことがあるんだけど」

「全然オッケー！　談話室でいい？」

「先行って待ってるから、できるだけ早めに」

「了解！」

礼央はものの十秒で約束を取り付けると、爽良の背中を押して廊下を戻った。

ただ、正直、爽良は驚いていた。

ついさっき御堂から「気長に」と言われたばかりなのに、礼央が自らを犠牲にしてまで急いだことに。

「礼央、大丈夫……？　碧さんの仕事が落ち着くまで待ってもよかったのに」

戸惑いながらそう言うと、礼央は平然と頷《うなず》いてみせた。

「どうせ、あの人の仕事はそう簡単に終わるようなもんじゃないから」

「だとしても、礼央の負担が……」

「俺は別に。仕事なら、前にも言った通り、霊に付き纏《まと》われてた期間にかなり前倒しできたし」

そういう問題じゃないと思いながらも、まったく気に留めていない礼央の様子を見ていると、しつこく心配するのも憚《はばか》られ、爽良は口を噤む。

ただ、その一方で、密《ひそ》かに察していた。礼央は、爽良が思っている以上に、この件に不安を覚えているのだろうと。

それこそ、多忙な碧に無理やり時間を作ってもらうくらいに。

しかし、それでもなお、礼央は爽良に手を引けと強要したりはしない。

いつも爽良の意思を尊重し、その上で、当たり前のように寄り添ってくれている。

そのときふと、――前に礼央に伝えた、「礼央は、〝自分〟に含んじゃってた」という発言が、脳裏に浮かんだ。

それは、礼央の存在はそれくらい近いと、もはや頼るとか頼らないというレベルの話ではないという意味を込め、なかば衝動的に出てしまった言葉だった。

あのときは、厚かましいことを言ってしまったとすぐに後悔したけれど、今になって思うのは、むしろ礼央こそがあの言葉を体現しているということ。

これは、実はとても特別なことなのではないだろうかと、――礼央の隣を歩きながら、爽良はぼんやりとそんなことを考えていた。


碧が談話室にやってきたのは、爽良たちが着いてから十分程が経った頃。

疲れを労《ねぎら》い濃いコーヒーを淹《い》れると、碧は嬉《うれ》しそうにそれをひと口飲み、ソファの背もたれにぐったりと背中を預けた。

「で、……ずいぶん急いでるみたいだけど、なんか怖い質問？」

碧は礼央らしくない提案からすでになにかを察していたらしく、早速話を促す。

爽良は頷き、緊張しながら口を開いた。

「聞きたいのは、依さんのことです。ずいぶん昔のことなので、覚えていたらでいいんですけど……、依さんから、吉岡美代子さんという女性の話をなにか聞いてないかなと思いまして。ちなみに、ご存知かもしれませんが、美代子さんは鳳銘館によく来てた方で――」

言葉が途切れた理由は、他でもない。

美代子の名前を出した途端、いつも飄々《ひょうひょう》としている碧の表情が、わかりやすい程に強《こわ》張《ば》ったからだ。

あまりに顕著な反応に、たちまち心がざわめく。――そして。

「……それで、なにを知りたいの？」

　碧は声に強い動揺を滲ませ、爽良にそう尋ねた。

　その聞き方から、美代子についての説明は不要らしいと爽良は察する。

「……美代子さんの小さな気配と、依さんの残留思念が、裏庭を彷徨ってるんです。それは、庄之助さんが遺《のこ》した伝言を調べているうちに知ったことなんですが、いまだ庄之助さんが私になにを望んでいるかがわからないので、その手がかりとして、二人が裏庭にいる理由を知りたいんです。そのためには、当時二人の間になにがあったのかを知る必要があって。……碧さんは、なにかご存知なんですか？」

　そこまで言い切ると、碧は大きく瞳を揺らした。

「裏庭に、今も二人が……」

「はい。とても小さな気配ですが……」

　部屋の空気は、異様に張り詰めていた。

　碧は爽良からの問いを噛《か》み締めるようにしばらくの間を置き、それから、手のひらで額を覆う。そして。

「具体的になにがあったかまでは、本当に知らないんだけど、……二人がなにか、とんでもないことをしたらしいってことは、気付いてたよ」

　ぽつりと、そう呟《つぶや》いた。

「とんでもないこと……？　というか、碧さんはどうして気付いたんですか……？」

知りたいけれど怖いという思いが心の中で拮抗《きっこう》する中、爽良は質問を重ねる。

すると、碧はゆっくりと姿勢を起こしてコーヒーを一気に飲み干し、腹を括《くく》ったかのように爽良をまっすぐに見つめた。

「あのさ、まず、……〝呪い返し〟って言葉、知ってる？」

最初に口にしたのは、響きからして怖ろしい、いかにも不穏な言葉。

爽良が首を横に振ると、碧はさらに続ける。

「呪い返しっていうのは、簡単に言えば、誰かを呪って失敗したときに自分に倍になって返ってくるっていう、いわゆる人を呪う上でのリスクなんだけど、……当然、呪いの力が強ければ強い程、相応の呪い返しが来るわけ」

「え、えっと……」

「理解しろって言われても難しいだろうけど、そういうものと思って聞いて。……で、依ちゃんが子供の頃から次々と開発してるおかしな〝術〟は、どれも呪いから派生したもので、言わば呪いの応用系なの。中でももっともやばいのは、地縛霊を拾ってきて、その恨みを利用して、人を呪うっていう方法」

それを聞いた途端に爽良が思い出していたのは、依が以前、自分の術の道具として利用するために、紗枝を捕まえたこと。

あれもその一環だったのだと、碧の説明との辻褄《つじつま》が合い、爽良の背筋がゾッと冷えた。

「……でもね、応用なんてめちゃくちゃなことをしてるうちに、呪い返しに関して、本来の法則外のことが起こるようになったみたいで。たとえば、呪いに失敗していないのに、呪い返しに近いくらいの目に遭ったりとか。でも、そんな中で依ちゃんが考えたのが、……身代わりを立てるっていう方法なのよ」

「身代わり……？」

　急激に嫌な予感がし、語尾が震えた。

　碧もまた、言い難《にく》そうに視線を落とす。

「そう。あの子は新しい呪いを試したくて仕方がなくて、でも呪い返しは受けたくなくて……、その我儘《わがまま》こそが、後に、一般人から呪いの相談を受けるっていう商売を思いつくに至ったキッカケなんだけど」

「商売してることは知ってますけど……、つまりその目的って、自分じゃなく依頼主が呪い返しの標的になるようにってことですか……？」

「まあ、実際呪いたいのは依頼主の方だから、ある意味当然っちゃ当然なんだけど、……まずいのは、そのことを隠してるって部分。なにせ、言えば依頼なんてほとんど来ないからね」

「そんなの、あまりにも……」

「言いたいことはわかるよ。……でも、あの子にはそれが悪いことだっていう概念がないから」

　碧はそう言って重々しい沈黙を置き、ふたたび口を開く。

「それで、ここからが本題なんだけど、……あの子が呪いを商売にする前の、それこそ鳳銘館で美代子さんと知り合ったばかりの、まだ子供の頃にね、……突然、体中に、原因不明の妙な症状が出たことがあって。まるで火傷《やけど》したみたいに、皮膚がどんどん爛《ただ》れていくの」

「全身に……？」

「そう。多分今もまだ痕《あと》が残ってると思う。徹底的に肌の露出を避けた服しか着ないから、ほとんどの人は知らないと思うけど。当時、さすがに気になったから原因を聞いたんだけど、ただ『計算を間違えた』としか……」

「計算、っていうのは……」

「私は、依ちゃんが、……想定外に、呪い返しを受けてしまったんだと思ってる」

「それって、まだ呪い返しの身代わりを立てる方法を知らなかった時期ですか……？」

「ううん、当時はもう知ってた。だから、身代わりが呪い返しを受けてもなお足りず、依ちゃんにまで及んだってことだと思う」

「そんな、身代わりでも足りないなんてことが……？」

「それくらいの、――相当な、強い呪いを実行したってことだよ」

碧は具体的なことを口にはしなかったけれど、その強張った表情を見ていれば、聞くまでもなかった。

そして、そのとき爽良の脳裏に浮かんでいたのは、裏庭で見た依の記憶。

頭の中で、それと碧の話との時期がぴったりと重なり、全身から血の気が引いた。

「それって、つまり……、そのときに、美代子さんが恨んでいた相手を、——殺したってこと、では」

とても心に留めておけずに口に出したものの、碧は首を縦にも横にも振らず、ただ苦しそうに瞳《ひとみ》を揺らす。

「……ごめん。怖くて聞けなかったから、私はなにも……」

結局、碧はそれ以上なにも言わなかった。

談話室の空気は酷《ひど》く張り詰め、重苦しい沈黙が流れる。——そのとき。

「……何度も言ってるけど、それはもう知りようのない過去だし、今の俺らにどうにかできることじゃないから、今思い返して落ち込むのはやめようよ」

礼央の冷静なひと言で、爽良は顔を上げた。

次々と浮上する怖ろしい推測につい気持ちが引っ張られてしまうけれど、確かに、礼央が言う通り、過去の真実は知りようがない。

そもそも、捕まってもいない犯人を呪いで殺したとしても、御堂も言っていた通り、世間的にはせいぜい不審死か事故死として処理され、過去の新聞を遡《さかのぼ》ったところで特定すらできないだろう。

「そう、だよね……。碧さん、辛《つら》いことを思い出させてすみませんでした。……だけど、知れてよかったです」

爽良が謝ると、碧は首を横に振る。そして。

「謝らないで。……でも、今のですべての体力と気力を失ったから、まじで仕事手伝ってもらうよ」

おそらく最大限の気遣いなのだろう、そう言ってぎこちなく笑った。

礼央は頷《うなず》き、碧のカップに二杯目のコーヒーを注ぐ。

「わかってる。あとでデータと詳細送って」

「さすが。もはや終わったも同然」

「……どれだけ送ってくる気」

取り繕った感は否めないものの、普段通りの会話がはじまり、空気がわずかに緩んだ。

ただ、そんな中、爽良の心の中には、ひとつ気になることが浮かんでいた。

それは、美代子も受けたはずの、呪い返しのこと。

当時、呪い主が美代子だったとして、依にまで呪い返しが及んだのだとすれば、当然美代子も相当な目に遭っているはずだが、御堂からそんな話は聞いていない。

普段から情緒不安定だったことくらいのもので、死因も病死だと語っていた。

しかし、そのとき。ふと爽良の脳裏に浮かんできたのは、もっとも怖ろしい仮説。

美代子が受けた呪い返しこそが、――死に至る病だったのではないかと。

それこそ今さら知り得ないことだが、だとしたらあまりに重い代償だと、爽良は改めて呪いの怖さを実感する。――そして。

「……そういえばさ。実はちょっと、気になることがあって。……一応、話してもいいかな」

突如、碧がずいぶん重々しい口調でそう言った。

嫌な予感がしつつも爽良が視線を向けると、碧はずいぶん長い間を置いた後、ゆっくりと口を開く。

「実は、最近、依ちゃんと連絡が取れなくて。そんなこと、滅多にないんだけどさ。……考えてみたら、あのとき以来だなって」

「あの、とき……」

ふたたび、三人の間に緊張が走った。

碧がなにを言わんとしているのかは、深く考えるまでもない。

おそらく碧は、依がまさに現在、呪い返しを受けている可能性を考えているのだろう。

しかし、だとすれば依は、美代子のときと同じくらいの、――人を殺すと同等の規模の呪いを、つい最近使ったことになる。

「そんなの、二人が気にするようなことじゃないってわかってるんだけど、……依ちゃんの話題が出たから、つい」

「いえ、……私も、気になります」

「なにをしたんだろうって考えたら、なんか、怖くて。なにせ、今の依ちゃんは当時よりずっと能力が高いわけだし、それでもなお呪い返しを受けるってなると……」

「そうですよね……」

「もちろん、呪い自体を失敗した可能性だってあるんだけどね。……その方が、よっぽど深刻な呪い返しがくるから」

碧はそう言うが、いずれにしろ誰にも救いのない話だと、爽良は思う。

もはや、すべてが自分の理解の範囲をとうに超えていると。――なのに。

「もしかして、……庄之助さんは私に、依さんを止めてほしいんでしょうか」

爽良は、なかば無意識に、そう呟《つぶや》いていた。

同時に、心の奥の方で、なにかがカタンと小さく動いたような感触を覚える。

一方、礼央は即座に険しい表情を浮かべた。

「なに言いだすの。そんな無茶なこと頼むわけなくない？」

「そう、なんだけど……」

「あり得ないよ。そもそもあの人を止められるわけがない」

「それも、わかってるん、だけど……」

完全に礼央が正しいと、頭の中では明確に答えが出ているのに、心に生まれたざわめきは一向に止まる気配がない。そして。

「もちろん、真正面から止めにいくってことじゃなくて……、それこそ、私にできることが、……むしろ、私にしかできない方法が、なにかあるんじゃないかって……」

そう口にした途端、礼央はうんざりしたように天井を仰いだ。

さすがの礼央も、今回ばかりは簡単に頷けないのだろうと、爽良も十分理解していた。

――けれど。

「礼央がどうしても駄目っていうなら、もう考えるのやめる。……私は、礼央が一緒じゃないと、無理だから」

驚く程するりと口から零《こぼ》れた本音に、礼央がひときわ重い溜《た》め息をついた。

「……狡《ずる》いわ」

言い方がいつになく投げやりな半面、その声色はなんだか柔らかく、爽良は、返事を聞くより早く礼央の気持ちを察する。

そして。

「いいよ。……付き合うよ、どこまでも」

礼央のまっすぐな視線を受け止めながら、また、なにか大きなことが始まる予感を覚えていた。

番外編

人知れず果たされた願い

「——相変わらずビミョーな味」

談話室のカウンターでローズマリーのパンケーキを口いっぱいに含み、依はいつも通り文句を零した。

美代子は洗い物をしながら、それを曖昧《あいまい》に流す。

「ねえ美代子さんってば、聞いてる？　パンケーキってさ、本来は、甘い方が絶対においしい食べ物でしょ？」

「そう？　私は食事系の方が好きだけど」

「またそうやってお洒落《しゃれ》ぶって。何度食べても脳が混乱するんだよね、これ」

「あなたがリクエストしたから、わざわざ作ったのに」

「だってこれ、ときどき無性に食べたくなるんだもん。なんだか、いかにも美代子さんって感じの味がするから。……母の味、みたいな？」

「私はあなたの母親じゃないわ」

「ただの譬《たと》え話だし。……ってかコレさ、食べ過ぎなくて済むってところはいいよね。甘いやつだと際限なく食べられちゃうけど、これなら一枚で満足するもん。なにせ、ビミョーだから」

「それはよかった」

甘えられている、と。

猫が試しに甘嚙《あまが》みをしてくるかのような攻撃を甘んじて受け入れながら、美代子は思う。

それと同時に、――過去に受け入れてしまった大きな罪のことを、思い返していた。

＊

美代子の娘・早苗《さなえ》は、十九のときに死んだ。

原因は、轢《ひ》き逃げ。

春休みを利用し、農業を営む祖母を手伝うために相模原《さがみはら》に滞在していた間に起きた、不幸な事件だった。

しかし、警察による懸命な捜査も虚《むな》しく、犯人は捕まらなかった。

というのは、事故現場は人通りの少ない場所で目撃者はおらず、警察が入手した唯一の証言は、近隣住人からの「激しいブレーキ音が響き、その後にすごいスピードで走り去る車のライトを見た」というたった一件のみだったからだ。

確かに現場にはくっきりとブレーキ痕《こん》が残っていたが、結局車両の特定には至らなかったらしい。

ただ、その一方で、捜査の過程で少しずつ明らかになったこともあった。

まず、司法解剖によって判明したのが、早苗の直接の死因が脳挫傷《のうざしょう》であったということ。

頭部以外に致命傷はなく、事故が起きて数十分は息があった可能性が高いとのことで、担当の警察官は、「すぐに適切な処置をすれば助かっただろうに」と、悔しそうに語っていた。

それを聞かされた美代子の頭を過《よぎ》ったのは、悔しさではなく、なにを言おうとすべては手遅れであるというシンプルな虚しさ。

結果的に早苗は死に、殺した人間は捕まりもせずのうのうと生きているという事実が、美代子にとってのすべてだった。

そして、まったく進展がないまま、数年。

悲しみも喪失感も癒《い》えることなく、ただただ息をするだけの日々を過ごしていた美代子は、ある日奇妙な噂を耳にした。

それは、浮かばれない人たちの魂が集まってくる、鳳銘館という名のアパートが代官《だいかん》山《やま》に存在するというもの。

しかも、そのアパートは一部の人間の間でかなり有名らしく、住みたがる人間が後を絶たないとのことだった。

早苗を失う前なら一笑に付していたであろう荒唐無稽《こうとうむけい》な話だったけれど、犯人の手がかりひとつ得られないまま、何年も絶望の底にいた美代子は、その噂から小さな可能性を感じた。

もし、本当に死人に——早苗の魂にもう一度会えるのなら、早苗が目撃したであろう犯人や車の特徴を、知ることができるのではないかと。

もちろん、霊の証言から犯罪を立証できるなんて考えてはいなかったけれど、——ただ、犯人を特定した暁には、最悪自らの手で制裁を下すこともできると、怖ろしいことを淡々と考えてしまっている自分がいた。

やがて、そんな気持ちは日に日に膨らみ、ついに美代子は数少ない情報から鳳銘館の場所を突き止め、部屋を借りる交渉をするため直接現地を訪ねる。

そして、オーナーを名乗る鳳《おおとり》庄之助という人物に事情を話し、どうしても住みたいと必死に訴えた。——けれど。

「ところで、……あなたには、この子が視えていますか？」

誰もいない場所を指差しながら向けられた問いに対し、美代子が戸惑いながら首を横に振った瞬間、庄之助は申し訳なさそうに瞳《ひとみ》を揺らした。

「そうですか。申し訳ないけれど、鳳銘館は、視える人間しか受け入れていないのです。あなたは、ここに住むことができません」

その返答に、美代子は愕然《がくぜん》とした。

もちろん、断られたショックもあったけれど、それだけではなかった。

庄之助の言葉から、世の中には「視える人間」と「視えない人間」が存在することを初めて知り、さらに、自分は後者であるという事実を突きつけられたことが、なにより絶望的だった。

「つまり、私は……、どうやっても娘には会えないということでしょうか」

声が震え、庄之助がさも辛《つら》そうに瞳を伏せる。

「そして、……娘を死に追いやった人間は、このまま報いを受けることなく生き続けるのでしょうか」

「吉岡さん」

「そんなの、あまりに、……あまりにも、不公平ではないでしょうか」

泣くつもりなどなかったのに、早苗のことを思うとたちまち視界が滲《にじ》み、大粒の涙が零《こぼ》れた。

庄之助はポケットからハンカチを取り出し、美代子の震える手にそっと握らせる。

「娘さんになにがあったのか、詳しいことはわからないけれど、……悪いことをした人間は、報いを受けます。……必ず」

「でも……」

「ただし、裁きを下すのは、あなたの役目ではありません」

なんだか、心の中を見透かされたような気がした。

このままでは、心の中で燻《くすぶ》り続ける黒い感情が漏れてしまいそうな気がして、美代子は咄嗟《とっさ》に庄之助から目を逸《そ》らす。

　すると、庄之助はわずかな沈黙の後、美代子の肩にそっと触れた。

「あなたが娘さんのためにしてあげられることは、ただ、生きることです。そして、ときどき、穏やかな気持ちで思い出してあげてください」

「穏やかな、気持ちで……？」

「はい。あなたが苦しんでいれば、娘さんも苦しいはずですから。……しかし、あなたが笑っていれば、娘さんもきっと嬉《うれ》しい」

「…………」

　ふたたび涙が込み上げ、もはや止めることができず、美代子は両手で顔を覆う。

　庄之助はそんな美代子に寄り添い、優しく背中を撫《な》でた。

「吉岡さん。……あなたがここに住むことはできないが、いつでもいらしてください。私でよければ、話し相手くらいにはなれますから」

　正直、その言葉を真に受けるつもりなんてなかった。

　初対面でいきなり泣き出した女に、同情せざるを得なかったのだろうとわかっていたからだ。

　けれど。

「そんな……、あまり迷惑をおかけするわけには」

「いいえ、迷惑なんてとんでもない。私は紅茶が趣味なんですが、一人で楽しむのは味気ないので、よかったらお付き合いください」

そんな誘いをくれた庄之助の優しさが忘れられず、それから一ヶ月が経った頃、衝動に駆られるようにして、美代子の足はふたたび鳳銘館に向いてしまっていた。

庄之助はそんな美代子を心から歓迎してくれ、自慢の紅茶を淹《い》れてくれた。

以降、美代子が鳳銘館に頻繁に通うようになるまではさほど時間はかからず、ときには、朝から夜まで談話室で過ごす日もあった。

そんな日々を送る中で、美代子には、いくつかの出会いがあった。

もっとも印象的だったのは、庄之助の友人の子供だと紹介された、御堂吏と名乗る中学生くらいの少年。

吏は年齢の割に落ち着いた子で、週末ごとに鳳銘館に来ては、いつも庄之助に付いて回っていた。

そんな吏は当初、美代子に対して明らかに壁を作っていた。

話しかけても素っ気なく、会話と言えば、庄之助に促されて渋々挨拶《あいさつ》をくれる程度。

あまり歓迎されていないことは、その態度から明らかだった。

もちろん打ち解けてほしいという気持ちはあったけれど、子育てしてきた経験からよくわかっていたのは、難しい年頃の子供を無理に構っても、逆効果でしかないという事実。

だから、美代子もまた、もどかしい気持ちを押し殺し、挨拶を交わす以上の交流を控えていた。

しかし、――その微妙な関係性は、突如、大きな変化を遂げる。

きっかけとなったのは、美代子の料理だった。

ある週末、美代子がいつも通り鳳銘館を訪ねると、ちょうど庄之助と吏が食事中で、見れば、メニューは冷凍食品を温めただけというとても簡単なものだった。

人の食事にとやかく言うつもりはなかったけれど、長く料理を生業《なりわい》としてきた美代子はなんだかうずうずしてしまい、急いで買い物へ行って備え付けの小さなキッチンで作ったのが、簡単なパスタ。

もちろん押し付けがましいことは承知であり、庄之助はともかく吏はきっと食べてくれないだろうと、あまり期待を持たないようにしていた。――しかし。

「俺、こんなの食べたことない」

意外にも、吏は美代子の料理に興味を示し、ひと口食べた途端にそう言って目を輝かせた。

その、初めての子供らしい表情を見てふと脳裏を過ったのは、いつも美代子の料理を喜んでくれていた、早苗との思い出。

思わず涙腺《るいせん》が緩んだけれど、美代子はなんとか涙を堪《こら》え、大袈裟《おおげさ》に喜びすぎないよう平静を装いながら「おかわりもあるから」とだけ伝えた。

後に庄之助から聞いた話によれば、吏は数年前に母親を亡くし、父親は忙しく、家ではいつも簡単な食事で済ませているとのこと。

それを聞いた美代子はなんだか胸が締め付けられ、その日以降も、鳳銘館を訪れたときには必ず食事を用意するようになった。

やがてキッチンには徐々に美代子が持ち込んだ調理器具や食器が増え、ついには庄之助が「キッチンの周りの収納はすべて、美代子さんの好きなように使っていいよ」と許可をくれた。

それは、鳳銘館の中に美代子の居場所ができた瞬間でもあった。

ここに来さえすれば、優しく受け入れてくれる庄之助がいて、早苗のように嬉しそうに食事を食べてくれる吏がいて、――気付けば、鳳銘館で過ごす時間は、美代子にとってもっとも癒《いや》される時間となっていた。

ただし、――当然ながら、早苗を失った悲しみと、犯人への怒りを忘れたわけではなかった。

それをはっきりと自覚するキッカケとなったのは、初めて足を踏み入れた裏庭での、ある少女との出会い。

少女は美代子に気付くやいなや、慌てて木の後ろに身を隠した。

「あなたは誰……？　どうして隠れるの……？」

尋ねると、少女は警戒心を露《あら》わにゆっくりと顔を覗《のぞ》かせ、鋭い視線で美代子を睨《にら》みつける。

その瞬間、美代子は思わず息を呑《の》んだ。

なぜなら、少女の姿があまりにも美しかったからだ。

目はぱっちりと大きく、肌は真っ白で、長い髪はシルクのような艶《つや》を放ち、その姿はまるでビスクドールのようにすべてが完璧《かんぺき》だった。

「どうしたの？　怖がらなくてもなにもしないわよ……？」

ふたたび声をかけると、少女は注意深く周囲をキョロキョロと見渡し、それからゆっくりと木の陰から姿を現す。

そして。

「……吏は、一緒じゃないの？」

さも不安げに、そう尋ねた。

「吏くん……？　一緒じゃないけど」

「絶対？」

「ええ」

美代子は首をかしげながら、そのやたらと念入りな質問に頷《うなず》く。――瞬間、美代子の頭にひとつの可能性が過《よぎ》った。

「あなた、もしかして吏くんの妹さん……？」

思い立ったまま問いかけると、少女は怪訝《けげん》な表情を浮かべる。

そのどこか大人びた表情が吏とよく似ていて、美代子は返事を聞く前からもはや確信していた。

なんだか嬉しくなり、美代子は少女に向けてそっと手を差し出す。

「やっぱりそうでしょう？　どうして一人なの？　私と一緒に戻って、みんなでお話ししない？」

しかし、少女は美代子の手を取らず、首を横に振った。

「嫌」

「どうして？」

「見つかったら、追い出されるから。ちょっと前にいたずらがばれて、もう二度とここに来るなって言われて、……だから、こっそり入ったの」

「いたずらぐらいで？　そんなの、謝れば許してくれるでしょうに」

「吏が許してくれるわけない。お前は異常だって、関わりたくないっていつも言われてるもの」

「そんなに酷《ひど》いことを……？　いたずらって、いったいなにをしたの？」

「別に、たいしたことないよ。お父さんが供養中だった霊を捕まえて、魂を呪いの実験に使っただけ」

少女はさもなんでもないことのように、耳を疑うような言葉を口にした。

「呪い……？」

美代子は一瞬動揺したけれど、きっとからかわれているに違いないと思い直し、平静を装う。──しかし。

「そうだよ、呪い。お父さんが何ヶ月も供養できないでいる強い霊がいたから、呪いに使ったら効果が高そうだなって思って、試しにやってみたの。……そしたら、檀家《だんか》のお婆さんが車に轢《ひ》かれちゃって」

少女は驚く程淡々とした口調で、衝撃的なことを言った。

「轢かれて……って、待って、なんの話を……」

「あ、言っておくけど、その人のことを狙ったわけじゃないよ。でも、呪いってたまに暴走するから、思い通りにいかないときがあって。もっと練習しないと、また関係ない人を巻き込んじゃう。……そうなると、私も熱出しちゃうし面倒なんだよね」

どれだけ説明の補足をされても、美代子には少女の言葉が一向に理解できなかった。

ただ、語る内容は酷く現実離れしているのに、不思議と嘘を言っているようには見えず、頭がみるみる混乱していく。

いっそ話題を変えてしまいたかったけれど、内容が内容だけに、もはや聞かなかったことにはできなかった。

美代子は一度深く息を吐き、少女をまっすぐに見つめる。

「ねえ、一応聞くけど、それは夢の話よね……？　それとも映画……？」

しかし、少女は面倒くさそうに眉《まゆ》を顰《ひそ》めた。

「おばさん、なに言ってるの？　っていうか、他人の夢の話程つまんないものなくない？

現実に決まってるでしょ」

「だけど、……あなたがさっきしていたのは、呪いで人に怪我をさせた話でしょう……」

「だから、狙ったわけじゃないんだってば。……でも、関係ない人巻き込むなんてどうかしてるって、吏がめちゃくちゃ怒っちゃって」

「…………」

人に危害を加えた話題をさらりと流し、兄に叱られた話をさも不服そうに語る少女に対し、美代子は確かな狂気を感じていた。

この子はきっと心が壊れてしまっているのだと、——もしかすると、過去にそれ相応の辛《つら》い経験をしたのかもしれないと、美代子は考え得る限りの様々な仮説を思い浮かべる。

けれど、少女が淡々と語った内容はあまりに衝撃的で、どんな理由を想定したとしても、自分を納得させることはできなかった。——そのとき。

「あれ？……おばさんさ、もしかして、殺したい人がいるんじゃない？」

突如少女が目を輝かせた瞬間、美代子の心臓がドクンと大きく鼓動を鳴らす。

慌てて否定するよりも早く、脳裏には、早苗を轢き殺した犯人のことがはっきりと浮かんでいた。

「…………」

「あ、やっぱ当たりだ。……私、わかるんだよね、そういうの」

「……馬鹿なこと、言わないで」

「否定しても無駄だよ。そういう人が纏《まと》うオーラって、真っ黒だから」

「…………」

「本当にね、どす黒いの。笑っちゃうくらいに」

「……やめて」

「どうして？……私、嫌いじゃないよ。心の中が真っ黒な人」

「だから、やめてってば……！」

思わず悲鳴のような声が出て、少女は目を丸くした。

しかし、すぐに表情を戻し、無邪気に笑う。

そのまったく悪びれない様子がなんだか異様で、全身から血の気が引いていくような恐怖を覚えた。

きっと関わるべきでないと、美代子は思う。

物騒なことを軽々しく語ることも、美代子が心のずっと奥の方に隠してきた黒い感情を暴かれたことも、なにもかもが怖ろしくてたまらなかったからだ。

ただ、それと同時に、この子を放置してはいけないと、――もし、自分で善悪の判断ができないのなら教えてやらねばならないと、大人としての義務感を覚えている自分もいた。

美代子は無理やり心を落ち着かせると、ふたたび少女をまっすぐに見つめる。

そして。

「……ところで、……あなたは、お昼はもう食べたの……？」

まずは、自分にできることで距離を詰めようと、そう尋ねた。

少女はたちまち目を輝かせ、首を横に振る。

「ううん。……もしかして、作ってくれるの？」

「ええ」

「だけど私、鳳銘館の中に入るなって言われてるし」

「大丈夫。二人はもう食事を終えて、談話室にはいないから。見つからないよう静かにしてくれるなら、なにか作ってあげる」

「わかった……！」

少女は美代子の腕にしがみつき、嬉《うれ》しそうに飛び跳ねる。その仕草もまた、幼い頃の早苗を彷彿《ほうふつ》とさせた。

なんだか複雑な思いを抱えたまま、美代子は少女を連れて建物へ向かう。

すると、少女はその手をぐいっと引き、美代子を見上げて満面の笑みを浮かべた。

「ねえ、おばさんの名前教えて！　私は依！」

「依ちゃん？　可愛い名前ね。……私は、吉岡美代子よ」

「ヨシオカさん？」

「庄之助さんたちは、美代子さんって呼ぶけど」

「じゃあ、私もそう呼ぶ！」

　その表情は、さっきの発言を忘れてしまいそうな程に可愛らしく、食べ物なら距離を詰められるかもしれないと、美代子は密《ひそ》かに手応《てごた》えを覚える。

　しかし。

「──ねえ、なにこれ……、ビミョーな味がする……」

　昼食の残りの材料でハーブのパンケーキを作ると、依はひと口食べるやいなや、しかめっ面をした。

　そのいかにも子供らしい素直な反応に、美代子は思わず笑ってしまった。

「あら、苦手だった？」

「……だって、美代子さんがパンケーキって言ってたから甘いと思ったのに、……しょっぱいし、不思議な匂いがするし」

「だって、おやつじゃなくて食事だもの。……でも、ハーブはちょっと子供向きじゃなかったわね。それは庄之助さんのお気に入りのメニューで、ちょうど生地が余っていたから作ったんだけど」

「……でも、不味《まず》くはないよ。ビミョーなだけ」

「気を遣わなくても、不味いって言っていいのに」

「……っていうか、本当は味なんかどっちでもいいの。……あまり人から優しくされたことがないから、なんだって嬉しいし」

「依ちゃん……」

「私多分、パンケーキを食べるたびに美代子さんのことを思い出すと思うな」

とくに悲観的なわけでもなく、あくまでサラッと口にした依の言葉で、美代子の胸が締め付けられた。

あまり人から優しくされたことがないなどと、そんな悲しい言葉を幼い子供が平然と口にしている現実が、単純にショックだったからだ。

ただ、その半面、裏庭で聞いたような残酷な発言を他所《よそ》でもしているなら、周囲に馴《な》染《じ》めないのは当然だと納得している自分もいた。

「……依ちゃんは、同い年の子とは話が合わないでしょうね」

「同い年どころか、ほとんどの人と合わないよ。ちょっと話しただけなのに、みんな怒ったり気持ち悪がったりして、次からは私を避けるの」

「……そう」

「美代子さんだって、次会ったときは私を避けるでしょ？」

「え……？」

「でも、いいよ。今日のうちに、いっぱいお話しできれば」

それが当たり前であるとでも言わんばかりの言い方に、美代子は思わずポカンとする。

「なに言ってるの……？　そんなことするわけないじゃない……」

すぐに否定したものの、依は心底不思議そうに首をかしげた。

「どうして？」

「どうしてって……、質問がおかしいわ」

「避けない、って意味？」

「当たり前でしょう」

「じゃあ、もしかして、……またごはん作ってくれたりする？」

「いいわよ。来週も、見つからないように裏庭で待ってて」

「…………」

「どうしたの？……返事は？」

「……うん、待ってる。嬉しい」

そのときの依が浮かべた笑みは、とても子供らしく、それでいて、息を呑《の》む程に美しかった。

まるで時間が止まってしまったかのように、美代子はただ呆然《ぼうぜん》と、その表情に見惚《みと》れる。

しかし。

「ねえ、だったらそのお礼に、見つけてきてあげようか？——美代子さんが、ずっと捜してる人」

途端に怪しく変化した声色で、すぐに現実に引き戻された。

「捜してる、人……？」

「うん。思い当たる人、いるでしょ？　さっきも言ったけど、美代子さんが殺したくてたまらな――」

「だから……！」

咄嗟《とっさ》に言葉を遮ったのは、単純に、それ以上聞くのが怖かったからだ。

たちまち激しい動悸《どうき》がして、美代子は両手で胸を押さえる。

一方、依はパンケーキを口に運びながら、やれやれといった表情を浮かべた。

「そんな必死にならなくても、もう認めちゃえば？　そうやって逃げたって、現実はなにも変わらないよ」

「……もっともらしいことを、言わないで」

「らしいじゃなくて、事実だもの。……自分を苦しめるものは、排除するしかないんだよ」

「………」

またおかしなことを言いだしたと思いながらも、心のずっと奥の方には、まったくその通りだと考えている自分がいた。

これまで、早苗のことでどれだけ苦しんできただろうと、美代子は報われなかったこれまでの日々を思い返す。

世の中には、正しい者が報われ間違っている者は裁かれるという定説があるが、実際は、なんの罪もない人間が命を奪われ、奪った張本人は裁かれてすらいない。

やはり自分でなんとかしなければ、なにも変わらないのだ、――と。

自分の中の黒い感情が膨らみはじめた瞬間、心の中で、大切なものが壊れたような小さな音が響いた。

「あなたには、……場所が、わかるの？」

そう問いかけたのは、なかば無意識だった。

途端に、依が満足そうな笑みを浮かべる。

「わかるよ。一ヶ月くらいくれるなら」

「そんなに、早く……」

「うん、どうする？　ただし、頷《うなず》いたら美代子さんはもう私の仲間だからね」

「……どういう意味」

「秘密を守ってもらうってだけ」

素直に、怖いと思った。

ただ、それ以上に、知れるものなら知りたいと、心が騒いでいた。

なにせ、警察が何年捜し続けても手掛かりひとつ摑《つか》めなかった相手を、依はたったの一ヶ月で見つけられると言っている。

もちろん、依の言葉を手放しで信用しているわけではないが、だからといって、戯言《たわごと》だと流すには惜しいと考えている自分もいた。

「なら、……捜してもらえる？……私の娘を轢《ひ》いた、犯人を」

「うん。いいよ」

震える声で頼んだ美代子とは対照的に、依はおつかいでも頼まれたかのように、あっさりと頷く。

美代子はその軽い態度を逆に不気味に思いながらも、さらに言葉を続けた。

「犯人の特徴は、今もまだほとんどわかっていないんだけど、……ちなみに、どんな情報が必要なの……？」

しかし、依は一瞬ポカンとした後、首を横に振る。

「情報？　やだな、そんなの別にいらないよ。事故現場の残留思念を追えばいいだけだし、全部式神にやらせるだけだもの」

「式神……？　あなた、なんの話をしてるの……？　だいたい、私は肝心の事故現場すら、まだ教えてないじゃない……」

「だから、美代子さんの頭の中にあるものは全部、私の式神にはお見通しなんだってば。捜したい相手も事故現場も、全部。……ちなみに、式神っていうのは目に見えないパシリみたいなものだよ」

「聞いても、よくわからないわ……」

「いいよ、わかんなくて。とにかく、私には全部わかるの。美代子さんがどれだけそいつを殺したがってるかも」

心の奥まで覗《のぞ》かれているような居心地の悪さに、美代子はクラッと眩暈《めまい》を覚えた。

「また、……そんな怖ろしいことを……、私はただ、犯人の居場所を……」

「だから、誤魔化しても無駄なんだって。私は、美代子さんが考えてることを口に出してるだけなんだから」

「……もう、やめて」

「大丈夫。全部、終わらせてあげるから」

依との会話を怖いと思う半面、もはやなにを隠しても無駄なのだと思うと、ある意味覚悟が決まった気がした。

美代子はゆっくりと息をつき、それから依を見つめる。そして。

「そうね。……もう終わりにしたいわ。理不尽を嘆く日々も、この黒い感情も」

心に秘めていた正直な思いを口にすると、依は満足そうに頷いた。

「うん。私に任せて」

かすかに浮かべた笑みが子供とは思えない程に妖艶《ようえん》で、たちまち心がざわめく。

けれど、そのときの美代子は、この苦しみから解放されるなら、方法はもはやなんでもいいとすら考えはじめていた。

差し伸べられた手が、たとえ呪われたものだったとしても、いっそ構わないと。

それからの一ヶ月間は、とても穏やかとは言い難い日々だった。

これまでとの大きな変化としては、裏庭で依と過ごすことが増えたこと。

ただ、依は美代子の前で〝式神〟というものを実際に使い、ときには裏庭に集まる鳥や小動物を傷つけたりと、何度もおぞましいことをやってみせた。

それらはあまりに常識を外れていて、ごくごく平凡だったはずの美代子の感覚は、次第に狂いはじめる。

やがて、依を正しい道に導いてやらねばという、出会った当初に抱いた思いも曖昧《あいまい》になり、依の前で常に覚えていた心がヒリヒリするような怖ろしさにも、慣れを感じるようになった。

そんな中でも唯一我に返るのは、依が子供らしい顔を見せる食事のときのみ。

ただ、可愛らしいという感想はもはやなく、ほんの束《つか》の間冷静さを取り戻した思考で、本当にこのまま関わり続けていいのだろうかという疑問が浮かぶばかりだった。

そして、ようやく一ヶ月が経ったある日。

「ねえねえ、見つけたよ」

依は、美代子が用意した昼食を嬉《うれ》しそうに食べながら、他愛ない世間話をするような口調でそう報告した。

「え……？」

一瞬なんのことかわからずキョトンとする美代子に、依はわざとらしく溜《た》め息をつく。

「なに、その反応……。美代子さんに喜んでもらおうと思って、頑張って見つけてきたのに」

やけに演技じみた口調だったけれど、美代子の心臓はみるみる鼓動を速めていた。

「まさか、本当に……？」

「嘘なんてつかないよ。もしかして、まだ疑ってるの？」

「疑ってなんていないけど……、それで、どこに……」

核心を突く問いは、声が震えて語尾が掠《かす》れた。

しかし、依はすべてわかっているとでも言わんばかりに、にやりと笑う。

「じゃあ、直接案内するね。でも、ここからちょっと遠いから、車を出してほしいんだけど、大丈夫？」

「遠いって、どれくらい……？」

「神奈川だよ。川崎《かわさき》あたり」

「川崎……」

依は遠いと言うが、美代子からすれば、むしろそんな近くにいたのかという驚きの方が勝っていた。

途端に、長年の苦しみや悲しみや恨みがじわじわと込み上げてきて、美代子は拳《こぶし》をぎゅっと握る。

「わかったわ。……明日早速車を用意するから、庄之助さんたちの昼食が終わった頃に、ここ以外の場所で待ち合わせしましょう。できれば、代官山駅のあたりで」

「いいけど……、じゃあ、明日は美代子さんのご飯、食べられないね」

「それは……」

「残念だなぁ」

「……なら、車の中で食べられるように、お弁当を用意するから」

途端にパッと表情を明るくする依の様子に、まるで普通の子供のようだと美代子は思う。

けれど、その頃の美代子は、もはや上手《うま》く笑い返すことすらできなくなっていた。

翌日、美代子は庄之助たちが食事を終えるのを待ち、今日は用があるからと鳳銘館を後にした。

その後、あらかじめコインパーキングに停めておいた車を出し、代官山駅の近くで待機していると、やがて通りの先から駆け寄ってくる依の姿に気付く。

ただ、その恰好《かっこう》はいつもよりずいぶんヒラヒラしていて、二つに結んだ髪は緩く巻かれ、全体的にずいぶん華やかな出《い》で立ちだった。

美代子の心の中では、娘を殺した犯人を見に行く日にあまりに不謹慎ではないかと、複雑な感情が渦巻く。――けれど。

「私ね、誰かとこんなふうにお出かけしたことが一度もなくて。だからね、今日は本当に嬉しいの。お弁当だって一回も作ってもらったことがないから、ずっと夢だったんだよ」

助手席に座った依がはにかみながらそう口にした瞬間、美代子は表現し難い複雑な気持ちになった。

楽しいはずのないこんな予定ですら、依は〝お出かけ〟と表現するのかと。

とはいえ、今日という日に、いったいどんな感情でその台詞《せりふ》を受け止めたらいいのか、やはり美代子にはわからなかった。

「……お弁当くらい、いつでも作ってあげるわよ」

かろうじてひと言だけ伝えると、依は、美代子が想定していた何十倍も嬉しそうな表情を浮かべる。

一瞬、普通に育っていれば良い子になっただろうにと頭を過《よぎ》ったけれど、〝普通〟も〝良い子〟もなんだか無意味な言葉に思え、美代子はすぐに考えるのをやめて運転に集中した。

やがて首都高速に乗ると、依は膝《ひざ》の上にお弁当を広げ、満足げにサンドイッチを食べながら、美代子に視線を向ける。

「川崎駅に近いところで高速を下りてね。そこからは、道案内するから」

「あなたが？」

「ううん、式神が。私は通訳するだけ」

「……そう」

おかしな発言にすっかり慣れてしまった自分が、なんだか可笑《おか》しかった。

ただ、もはやいちいち引っかかっている段階でもなかった。

美代子はそれから二十分程高速を走って一般道に下りると、依の案内通りに車を進める。

「もうすぐ着くよ」

「……そう」

「緊張してる？」

「……それは、そうね」

「殺したい？」

「…………」

次々と向けられる問いに、心が疼《うず》いた。

かたや依は、美代子がまだ問いに答えてもいないというのに、まるで共感するかのように深く頷《うなず》く。

「まあ、そりゃそうだよね」

「……ねえ、今は心を覗こうとしないで。本当に、知られたくないの」

「それってもう、殺したいって言ってるも同然だけど」

「そんなに単純なものじゃないのよ。……実際に姿を見てみないと、自分でもわからないの。……どんな感情が沸き上がってくるのか」

それは、決して嘘ではなかった。

あまりにも長い間犯人を追い求めてきたせいか、犯人に対する感情は年々変化し、今やただのシンプルな怒りだけでは収まらない、複雑なものに変わっている。

もし罪悪感に苛《さいな》まれながら、世間から身を隠すように細々と生きていたら、もしくは病床に臥《ふ》せっていたら、親の看病に明け暮れていたら、――など、どのパターンならば少しは許せるだろうかと、よくわからない妄想に耽《ふけ》ったこともある。

しかし。

「美代子さん、車止めて。……それで、あそこ見て」

ふいに、依が古いアパートの二階のベランダで煙草を吸う男を指差した瞬間、真っ先に浮かんできたのは、心の奥底から沸き上がってくるような憎しみだった。

もちろん、その男が犯人だなんて、まだ依は言っていない。

けれど、美代子の直感が騒いでいた。

「あの男が、……娘を、殺したのね」

気味が悪いくらい静かな声が出て、依がにやりと笑う。

「正解。……で、どんな気持ち？　どうしたいか決まった？」

「どう……、したいか……？」

のんびりと煙を燻《くゆ》らせる、三十代そこそこの男の姿を眺めながら、――心が、殺してやりたいに決まっていると騒いでいた。

けれど、みるみる昂《たかぶ》っていく感情の奥で、今だからこそ冷静にならなければならないと、必死に感情を抑えようとしている自分もいた。

「まず、……警察に相談、して……、改めて、捜査を……」

しかし。

「いや、なにのん気なこと言ってるの？」

そんな美代子を嘲笑《ちょうしょう》するかのように、依が溜め息をつく。

「……のん気、って」

「犯人だっていう明確な証拠が出てきてないから、いまだに捕まってないんだよ？　警察に言ったって一緒だよ」

「だけど……」

「だいたい、あの男が犯人だってどうやって説明するの？　式神が見つけてきたなんて、言えないでしょ？　言ったところで、警察から馬鹿みたいに質問攻めにされて、挙句の果てに、娘を亡くして精神が病んじゃったんだって可哀想がられるだけだよ？　そんな惨めなことある？」

「…………」

「それか、適当な証拠をでっち上げようか？　でも時間がかかるし、入手元を聞かれたらまた美代子さんが面倒臭いことに――」

「だったら……！　今すぐに部屋を訪ねて殺せって言うの……？」

思った以上に大きな声が出て、一番驚いたのは美代子自身だった。

けれど勢いは止まらず、美代子は依の両肩を強く摑《つか》む。

「私だって、ずっとそう思って生きてきたし、今すぐにでもそうしたいけど、そう簡単なことじゃないでしょう……！　大の男を相手に力で勝てるわけがないし、失敗したら二度と叶《かな》わないのに……！」

「……それは、まあ、確かに」

「結局、警察にしか裁けないじゃない……」

語尾には涙が混ざり、弱々しく萎《しぼ》んだ。

依は激昂《げきこう》した美代子に戸惑うかのように、瞳《ひとみ》を揺らす。

美代子はその様子を見ながら、どんなに不思議な力を持っていても所詮《しょせん》子供なのだと、依にとっては、これらすべてが無邪気な遊びでしかないのだと、少しだけ、冷静さを取り戻していた。――しかし。

「でも、裁けるんだよ。……私には」

「え……？」

車内に響いたいつもより低い声に、美代子の心臓がドクンと大きく鼓動を鳴らす。

視線を向けると、依はこれまでに見せたことがない不穏な笑みを浮かべ、ベランダの男を指差した。

「どうする？」

「どうする、って」

「だからさ、できるできないじゃなくて、美代子さんはどうしたいかって聞いてるんだけど。さっきから、ずっと」

「…………」

「もし私に任せてくれるなら、……全部、美代子さんの望み通りになるよ」

はっきりとそう言い切った依の目を見た瞬間、背筋がゾクッと冷えた。

依が纏《まと》う空気から、底冷えする程の残虐さが感じ取れたからだ。

「……なにを、する気なの」

震える声で尋ねると、依はさも楽しげに目を細めて笑う。

「やだな、わかってるくせに。……責任を感じたくないからって、なにもわからないフリするのはずるいよ」

「なに、言って……」

「美代子さんの心の中は真っ黒だって言ったじゃん。何度も何度も誤魔化してばっかりでさ、もういい加減認めなよ。美代子さんは、心の底からあの男のことを殺……」

「──待って」

「ねえ、まだ自分を誤魔化すの？」

「……どうか、してたわ」

「え？」

「……今日は、戻りましょう」

このまま依に流されてしまうのがなんだか怖くて、美代子は咄嗟《とっさ》にハンドルを握ってサイドブレーキを外す。

このまま突き進んだ先に、望む未来があるとは思えなかったからだ。

しかし。

「……無理だよ」

依がぼそっと呟《つぶや》いた瞬間、無性に嫌な予感がした。

「無理……？」

「っていうか、ごめんね。美代子さんに決めさせてあげるような言い方しちゃったけど、本当はもう、なんていうか、その……」

「え……？　あなた、なにを……」

「だって、まさか美代子さんが躊躇《ためら》うなんて予想してなかったから」

「なんの、話……？」

「実はね、あの男の人の部屋には、もうすでに私の式神がいて。……とっくに指示も終わっていて。あとはこっちの合図待ちの状態……だったんだけど」

「合図……？」

「そう、実行の合図」

実行という響きに、酷《ひど》く胸が騒いだ。

「合図って、いうのは……？」

心臓がみるみる鼓動を速める中、美代子は核心を突く質問を口にする。――しかし。

「合図はね、――美代子さんの、気配」

美代子がその言葉の意味を理解するのと、間近で激しい爆発音が響いたのは、ほぼ同時だった。

車が大きく揺れ、反射的に頭を伏せると、やがて窓越しにムワッとした熱気が伝わってくる。

まさか――、と。

混乱が冷めやらない中、美代子はおそるおそる顔を上げ、アパートに視線を向けた――瞬間。

さっきまで男が煙草を吸っていたベランダは、部屋の中から勢いよく噴き出す炎に覆われていた。

思考が追いつかない中、周辺の家からは次々と住人たちが出てきて、アパートの惨状にたちまち騒然とする。

聞こえてくるのは、「あれでは救助にも行けない」と心苦しそうに語る声の他、「物騒な人が住んでいた部屋」だとか、「しょっちゅう借金の取り立てが来ていた」などの噂話もあった。

どうやらあまり評判のよい男ではなかったらしいと、いまだ収まる気配のない炎を呆《ぼう》然《ぜん》と見つめながら、美代子は思う。

ただ、だからといって、自分が殺してしまったという罪の意識を相殺することなど、とてもできなかった。

そんな中、依はとくにいつもと変わりない態度で、美代子の肩を叩《たた》く。

「終わったから、もう帰ろうよ。熱いし、人がいっぱい来たし」

「…………」

「どうして黙ってるの？　もしかして怒ってる……？」

「…………」

「そりゃ、ちょっと早まっちゃったことは反省してるよ。でも、もうどうしようもないし、それに、遅かれ早かれこうする予定だったでしょ？」

感覚がまるで違うのだと、むしろ、そんなことは最初からわかっていたのにと、美代子は改めて思う。

同時に、いい加減、認めてもいた。いずれはこうなることを予想した上で依と関わり続けた、自分の狡《ずる》いところを。

「……そうね。帰りましょう」

自分の黒い部分を受け入れた途端、まるで心が機能するのを止めたかのようにスッと動揺が引き、美代子は車を発進させた。

依は嬉《うれ》しそうにシートに座りなおし、機嫌よく足をパタパタと揺らす。

「ねえ、よかったね、願いが叶《かな》って」

「……そうね」

「死んだかな？　死んだよね？」

「……わからないけど、多分」

「私の手柄でしょ？」

「そうよ。でも、私たちは共犯だわ」

「なんかかっこいいね、それ。ねえ、美代子さんの娘さんも、喜んでるよね？」

「………」

最後の質問だけは、嘘をつくことができなかった。

美代子は唇を嚙《か》み締め、ただまっすぐに前を向く。

「美代子さん？　どうして黙るの？」

「……いいえ。気にしないで」

「そう？　っていうか、私お腹すいた！　さっきのじゃ全然足りないから、美代子さんの、あの微妙な味のパンケーキが食べたい！」

「……残念だけど、今は鳳銘館に入れないから、お店で食べましょう。私が作るよりも、あなた好みなパンケーキがあるわ」

「そっか。……でも、私が一番好きなのは美代子さんのパンケーキだよ。味は微妙だけど」

「そう、ありがとう」

「一番、大好きなの。死ぬまでずっと、毎日でも食べたい」

依が「好き」と口にするたびに、なぜだか、ついさっき見たばかりの、炎がアパートの一室を丸ごと飲み込む光景が、頭の中で再生された。

まるで呪いにかけられたようだと、美代子は思う。

「なら、あのパンケーキのレシピを、教えてあげる」

「え、駄目だよ、美代子さんが作ったやつじゃなきゃ」

「一生は無理でしょう。私の方がずっと先に死ぬんだから」

「死んだって別に一緒にいられるよ」

「え……？」

「私、美代子さんのこと、放さないから」

「…………」

「だって、共犯者でしょ」

まさにその瞬間、自分は取り返しのつかないことに手を染めてしまったのだと、美代子はもっとも強く実感していた。

依は黙り込む美代子を見て含みのある笑みを浮かべ、それから、とどめの一撃のような言葉を口にする。

「そういえば、言い忘れてたんだけど、呪いってね、強ければ強い程自分に少し返ってくるの。それで、今回は美代子さんの念をたくさん使ったから――」

その続きは、あまり記憶していない。

そのときの美代子にとって、自分に下る罰については、もはやどうでもよいことだった。

しかし、依と別れて家に着いた頃、美代子はみぞおちのあたりに突如、不自然な痛みを覚える。

それが、命を徐々に蝕《むしば》んでいく深刻な病であると宣告されるのは、もう少し、先の話だ。

＊

「美代子さん、ぼーっとしてるけど大丈夫？」

ハッと我に返ると、回顧していた記憶よりいくぶん大人びた依が、美代子を見つめてこてんと首をかしげた。

「ああ、ごめんなさい。なんでもないの」

「持病？　調子が悪いとか？」

「大丈夫よ。今は落ち着いているから」

あの運命の日の後、美代子の肝臓に小さな癌が発見され、しかし肝機能が低いため切除不可という診断がされた。

普段から世話になっていた主治医は、直近の検査結果で肝臓への所見はまったくなかったのにと不思議がり、さまざまな病院を紹介してくれたけれど、一方で、美代子は密《ひそ》かに納得していた。

　これはいわゆる、人を呪い殺した罰なのだろうと。

「それで？　あとどれくらい生きるって？」

「さあ。進行がとても遅いみたいで」

「そうなんだ。でも、別に死んでも、私の傍にいればいいしね。私たち、共犯者だし」

「そうね」

「永遠に離れない運命だから」

「……そうね」

　これまで何十回も繰り返されてきた依からの確認に返事をしながら、美代子は胸の疼《うず》きを覚える。

　別に、死ぬのが怖いわけではなかった。

　ただ、死んでもなお贖罪《しょくざい》は終わらないのだと、──自分は成仏することなく依のもとに置かれ、さらに共犯関係が続いていくのだと思うと、苦しくてたまらなかった。

　死にさえすれば娘に会えるのではないかという希望が、今もまだ捨てられなかったからだ。

　その思いはどんなに握り潰《つぶ》そうとも、何度も何度も蘇《よみがえ》ってきて、心の弱い部分に居座ってしまう。——だから。

「美代子さん、さっきからなに書いてんの?」

「庄之助さんに伝言よ。今日は少し作りすぎたから、残りを冷凍庫に入れてますって」

「ふぅん。いつもマメだね」

美代子は依に嘘をつき、暇さえあれば、もはや癖のように、ローズマリーのパンケーキのレシピをひたすら紙に綴《つづ》っていた。

来る日も来る日も書いては捨て、書いては捨てを繰り返し、一見すると無意味な作業だが、それは、美代子にとっての願掛けのつもりだった。

自分が死ぬときには、依の言う「永遠に離れない運命」という呪縛《じゅばく》から解き放たれ、娘のもとへ行けるように。

ただし思い残すこともまた依のことに他ならず、万が一にでも自分の望みが叶《かな》ったときには、このレシピが依の喪失感を少しでも埋めてくれるようにという思いがあった。

ただの現実逃避に過ぎないと、わかっていながら。

本書は書き下ろしです。この作品はフィクションであり、登場する人物・地名・団体等は実在のものとは一切関係ありません。

大正《たいしょう》幽霊《ゆうれい》アパート鳳銘館《ほうめいかん》の新米《しんまい》管理人《かんりにん》6

竹村《たけむら》優希《ゆき》

令和5年 9月25日　初版発行

発行者●山下直久

発行●株式会社KADOKAWA
〒102-8177　東京都千代田区富士見2-13-3
電話　0570-002-301(ナビダイヤル)

角川文庫 23823

印刷所●株式会社暁印刷
製本所●本間製本株式会社

表紙画●和田三造

●お問い合わせ
https://www.kadokawa.co.jp/(「お問い合わせ」へお進みください)
※内容によっては、お答えできない場合があります。
※サポートは日本国内のみとさせていただきます。
※Japanese text only

ISBN 978-4-04-114008-6　C0193

◇◇◇

角川文庫発刊に際して

角川源義

第二次世界大戦の敗北は、軍事力の敗北であった以上に、私たちの若い文化力の敗退であった。私たちの文化が戦争に対して如何に無力であり、単なるあだ花に過ぎなかったかを、私たちは身を以て体験し痛感した。西洋近代文化の摂取にとって、明治以後八十年の歳月は決して短かすぎたとは言えない。にもかかわらず、近代文化の伝統を確立し、自由な批判と柔軟な良識に富む文化層として自らを形成することに私たちは失敗して来た。そしてこれは、各層への文化の普及滲透を任務とする出版人の責任でもあった。

一九四五年以来、私たちは再び振出しに戻り、第一歩から踏み出すことを余儀なくされた。これは大きな不幸ではあるが、反面、これまでの混沌・未熟・歪曲の中にあった我が国の文化に秩序と確たる基礎を齎らすためには絶好の機会でもある。角川書店は、このような祖国の文化的危機にあたり、微力をも顧みず再建の礎石たるべき抱負と決意とをもって出発したが、ここに創立以来の念願を果すべく角川文庫を発刊する。これまで刊行されたあらゆる全集叢書文庫類の長所と短所とを検討し、古今東西の不朽の典籍を、良心的編集のもとに、廉価に、そして書架にふさわしい美本として、多くのひとびとに提供しようとする。しかし私たちは徒らに百科全書的な知識のジレッタントを作ることを目的とせず、あくまで祖国の文化に秩序と再建への道を示し、この文庫を角川書店の栄ある事業として、今後永久に継続発展せしめ、学芸と教養との殿堂として大成せんことを期したい。多くの読書子の愛情ある忠言と支持とによって、この希望と抱負とを完遂せしめられんことを願う。

一九四九年五月三日

ISBN 978-4-04-111427-8

丸の内で就職したら、幽霊物件担当でした。

竹村優希

本命に内定、ツイテル？　いや、憑いてます！

東京、丸の内。本命の一流不動産会社の最終面接で、大学生の澪《みお》は唖然としていた。理由は、怜悧な美貌の部長・長崎次郎《ながさきじろう》からの簡単すぎる質問。「面接官は何人いる？」正解は３人。けれど澪の目には４人目が視えていた。長崎に、霊が視えるその素質を買われ、澪は事故物件を扱う「第六物件管理部」で働くことになり……。イケメンドSな上司と共に、憑《つ》いてる物件なんとかします。元気が取り柄の新入社員の、オカルトお仕事物語！

角川文庫のキャラクター文芸

ISBN 978-4-04-106233-3

菊乃、黄泉《よみ》より参る！

よみがえり少女と天下の降魔師

翁 まひろ

愉快な最強コンビによる江戸の怪異退治！

江戸時代。男勝りで正義感あふれる武家の女・菊乃《きくの》は、28歳で世を去るも何も未練はなかった。――はずが15年後、なぜか７歳の姿で黄泉《よみ》がえってしまった！　年相応にすぐ腹が減り眠くなるのと裏腹に、怪力と験力《げんりき》を宿した体。天下の降魔《ごうま》師を名乗る整った顔の僧・鶴松《つるまつ》にその力を見込まれた菊乃は、成仏する方法を探してもらう代わりに、日本橋に出る獣の化け物退治を手伝うが……。最高のバディが贈る、痛快で泣ける「情」の物語！

角川文庫のキャラクター文芸

ISBN 978-4-04-113598-3

憧れの刑事部に配属されたら、上司が鬼に憑かれてました

飛野 猫

あなたの知らない京都を事件でご案内!!

幼い頃から刑事志望の亜寿沙《あずさ》は、念願叶って京都府警の刑事部所属となる。しかし配属されたのは「特異捜査係」。始終眠そうな上司・阿久津《あくつ》と２人だけの部署だった。実は阿久津は、かつて「鬼」に嚙まれたことで鬼の性質を帯び、怪異に遭遇するように。その力を活かし、舞い込む怪異事件の捜査をするのが「特異捜査係」。縁切り神社、清滝《きよたき》トンネル、深泥池《みどろがいけ》……京都のいわくつきスポットで、新米バディがオカルト事件の謎を解く！

角川文庫のキャラクター文芸

ISBN 978-4-04-112868-8